www.tredition.de

Über das Buch:

Sieben Schicksale. Sieben Monate. Sieben Erzählungen.

Während sich ein riesiger Komet der Erde nähert und dabei verglüht, geraten sieben Menschen zeitgleich an Wendepunkte in ihrem Leben, die ihr Sein, Fühlen und Denken erschüttern und vollkommen verändern: Ein junger Mann flieht vor seinem schlechten Gewissen und einer Frau nach Indien. Ein Arzt glaubt, seine wirkliche Berufung als Roadie in einer Punkband und Liebhaber der Sängerin zu finden. Ein Rucksacktourist sieht auf einer Japanreise erst Godzilla und dann dem Tod ins Auge. Ein U-Bahnfahrer kämpft während eines gigantischen Stromausfalls mit seiner eigenen inneren Dunkelheit. Ein junges Paar trifft in Norwegen unter mysteriösen Bedingungen Kurt Cobain. Ein Privatdetektiv versucht, sein eigenes Doppelleben zu verheimlichen. Zwei Brüder finden auf der Suche nach ihrem toten Vater in einer erschütterten Welt zu sich selbst. Die Schicksale dieser Menschen sind miteinander verknüpft, sie kreuzen und berühren sich. Alle sind Grenzgänger und Sinnsucher in ihrem Leben und in der Liebe – immer nah am Abgrund, oder auch wie ein Komet kurz vor dem Verglühen.

Christoffer Krug

www.tredition.de

© 2019 Christoffer Krug

Verlag & Druck: tredition GmbH, Halenreie 40-44, 22359 Hamburg

ISBN
Paperback: 978-3-7497-5390-1
Hardcover: 978-3-7497-5391-8
e-Book: 978-3-7497-5392-5

Christoffer Krug

Bevor wir verglühen

Über den Autor:

Christoffer Krug wurde 1979 in Köln geboren. Er jobbte als Putzkraft, Roadie, Rettungssanitäter, studierte Medizin in Gießen und Neu-Delhi und arbeitet als Arzt. Er war Herausgeber des Magazins „in weiß" und schreibt außer Romanen auch Gedichte und Kinderbücher. Der dreifache Vater lebt in Gießen.

Weitere Bücher von Christoffer Krug:

„Mehr und Mehr", Roman 2009

„Come on, paint me a wound", Gedichte 2010

„Paul sagt AAAHHH", Kinderbuch 2018

„Das Herz ist auch nur ein Muskel", Gedichte 2020

Umschlaggestaltung und Gesamtherstellung:

Dr. Christoffer Krug

Lektorat: Stephanie Jana, www.lektorat-stilsicher.de

1. Auflage 2019, gesetzt aus der Bembo Regular

Bibliografische Information der Deutschen Nationalbibliothek:

Die Deutsche Bibliothek verzeichnet diese Publikation in der Deutschen Nationalbibliografie; detaillierte bibliografische Daten sind im Internet über http://dnb.d-nb.de abrufbar.

„,Sehen' heißt: im entsprechenden Moment das Bild nachzubilden, das die Denkgemeinschaft, zu der man gehört, geschaffen hat.“

Ludwik Fleck

Inhalt

1. Der Tag, an dem wir uns „we're gonna live forever" auf die Oberschenkel tätowierten

2. Sehnsucht ist ein treuer Begleiter

3. Miyagi

4. Sommersturm

5. Come as you are

6. Rehbeinchen, mach mal ein Glas mit Cognac voll

7. Bevor wir verglühen

„Das Leben ist eine Reise.

Nimm nicht zu viel Gepäck mit.“

Billy Idol

1. Der Tag, an dem wir uns „we're gonna live forever" auf die Oberschenkel tätowierten

„I was asking for someone to repair the light in room 214! Not to send someone to steal my wallet! Goddammit!"

Der Hals des Mannes an der Rezeption spannt sich beim Schreien so stark an, dass die Sehnen hervortreten. Er hat einen britischen Akzent, trägt Cargohosen und ein graues Sex Pistols-Shirt. Schweißperlen vereinigen sich auf seiner Stirn, dann auf seinem Nacken, und laufen weiter seinen Hals herunter. Der langgezogene nasse Fleck auf dem Rücken des korpulenten jungen Mannes hat die Form von Sylt.

„Wie auf den Autoaufklebern", denkt Benjamin, dreht sich um und nimmt die Treppe neben der Rezeption in den ersten Stock. Am frühen Morgen ist er aus Neu Delhi mit dem Zug angekommen. Hierher, an einen Ort, an dem er den Tod und die Vergänglichkeit Tag und Nacht riechen wird. Benares heißt diese Stadt, Varanasi ist ihr neuer Name. Kashi ihr ältester.

Benjamin liegt auf dem Bett seines Hotelzimmers und starrt an die Decke, nachdenklich reibt er sein Kinn, befühlt die ungewohnten Bartstoppeln. Der Ventilator verwirbelt die stickige Luft und verbreitet einen elektrischen, einen muffigen Geruch. Außer einem Doppelbett, verkratzten Nachttisch, Korbsessel und runden Spiegel an der gegenüberliegenden Wand ist das Zimmer karg eingerichtet. Der Bastteppich löst sich an manchen Stellen auf. Eine Ameisenstraße verläuft vor der Tür zum Balkon. Ein Schild warnt davor, sie zu lange geöffnet zu lassen, da sonst die Affen hereinkommen. Der Balkon des Scindia-Guesthouses überblickt weite Teile des Flusses und bietet einen atemberaubenden Ausblick auf beide Ufer.

Benjamin steht schwerfällig aus dem Bett auf, nimmt den Korbsessel und schafft es, das Möbelstück durch die enge Balkontür zu heben. Er setzt sich. Die Sonne scheint ihm durch gelblichen Dunst hell ins Gesicht. Seine Haut hat bereits begonnen, sich unter Staub, Schweiß und Sonnenbräune zu verfärben.

„Wie eine Verwandlung", denkt Benjamin.

Seine beigefarbene Hose ist schmutzig-grau geworden. Er hat gelesen, dass jedes Jahr viele Touristen nach Indien reisen, um irgendeine Erleuchtung oder die *eine* Wahrheit im Leben zu finden. Benjamin erwartet keine Erleuchtung, und er weiß auch noch nicht, wie *seine* Wahrheit aussehen wird, aber er ahnt, dass sie weder schwarz noch weiß, eher grau sein wird.

„Am Ende ist sowieso nur das wahr, an das ich mich zu glauben entscheide", stellt Benjamin ein bisschen trotzig fest. Wie um das zu untermauern, fischt er ein Päckchen Beedie-Zigaretten aus der Seitentasche seiner Hose und zündet sich eine an. Saugt gierig einige Züge des billigen Arbeitertabaks in sich auf, bis die Glut die Hälfte des gerollten Blättchens erreicht hat, und drückt die Zigarette dann auf Höhe seines rechten Oberschenkels an der Hose aus. Halb schmelzend, halb brennend, frisst sich die Glut durch den Synthetikstoff und hinterlässt ein Loch, durch das er die einzelnen Buchstaben auf seinem Bein sehen kann. Den Schmerz spürt er kaum.

Er steht auf, schließt die Balkontür nur halb, schubst seinen Rucksack – seine Jacke, Schuhe und Socken, alles nur wenige Tage alt und frisch aus dem Geschäft – vom Bett und greift nach einer Postkarte, die er gestern erst in seinem Gepäck gefunden hat.

Auf der Karte mit blauem Himmel und einer Blumenwiese als Hintergrund sind fünf buddhistische Glücksweisheiten gedruckt. Er wendet die Karte und liest sich die Rückseite zum x-ten Mal durch.

„Lieber Benjamin!

Geht es dir gut, da wo du jetzt bist? Hoffentlich hast du schon das gefunden, was du auf deiner Reise gesucht hast. Ich kann es kaum erwarten, dich wiederzusehen...

Deine Sabine"

Darunter ist eine Blume gemalt. Je länger er diese Blume anschaut, desto eher bekommt er den Eindruck, die Blüte könnte auch ein hastig gezeichnetes Herz sein. Außerdem fragt er sich, warum nach „kaum erwarten, dich wiederzusehen" drei Punkte stehen und kein Ausrufezeichen. Benjamin hätte ein Ausrufezeichen verwendet. Was sollen diese drei Punkte bedeuten? Was wird passieren, wenn er Sabine wiedersieht? Er weiß es nicht und wünscht sich insgeheim, er könnte die Antwort irgendwo auf dieser Reise finden. Die Antwort muss einfach hier sein, in diesem Land, fern von Zuhause, weil Benjamin gehört hat, dass man nur etwas findet, wenn man sucht. Suchen funktioniert aber nur, wenn man sich auch dabei bewegt.

Er dreht die Karte erneut um und liest die buddhistischen Glücksweisheiten laut vor.

„Verbringe jeden Tag eine Zeit lang alleine."

Benjamin grinst und zieht mit dem Daumennagel eine Kerbe durch den Satz auf der Pappkarte. *Erledigt.*

Der zweite Satz lautet: „Nähere dich der Liebe mit unaufhörlicher Anstrengung." Er knetet nachdenklich seine Unterlippe.

Er ist noch nie vor etwas weggelaufen. Aber mit dem Einsteigen ins Flugzeug fühlte sich alles auf einmal viel einfacher an.

Von draußen dringt plötzlich Geschrei in das Zimmer, und der Geruch von verbrannten Menschen und Holz weht hinein. Er hat immer gedacht, dass nach der Verbrennung der Leichen nichts als Asche übrig bleiben würde. Aber dafür ist gar keine Zeit. Die Angehörigen haben meistens kein Geld für Feuerholz. Es bleibt also eine komplette, verkohlte Leiche übrig, die diskret, etwas abseits, mit der Schaufel zerkleinert wird. Dann werden die Teile an Mutter Ganges übergeben. Ein paar Meter weiter holen sich die Hunde schließlich die verkohlten Reste.

Sabine von Borchert und Benjamin Bertram. Sabine und Benjamin. Klingt gut, findet er. Die beiden Namen fielen recht häufig in einem Satz, wenn im Büro auf dem Flur gesprochen wurde. Die Betriebsfeier: Benjamin und Sabine gehen auch hin. Die Weihnachtsfeier: Benjamin und Sabine waren ja auch lange da. Die Frühbesprechungen: Benjamin und Sabine waren vor allen anderen hier und haben schon Kaffee gekocht.

Benjamin steht auf und knallt die Tür zum Balkon zu. Dabei ist er selbst sofort von der Wucht seiner Bewegung überrascht.

Da ist wieder dieser Moment auf der Weihnachtsfeier in seinem Kopf.

„Ich muss dir was sagen!", flüstert Sabine. Sie schaut ihn aus ihren großen braunen Augen an. Wie immer trägt sie tiefroten Lippenstift, eine weiße Bluse, eine eng geschnittene, dunkelblaue Hose mit braunem Flechtgürtel.

„Kein Problem." Benjamin zieht die Augenbrauen etwas nach oben, er will neugierig aussehen und gleichzeitig Vertrauen erwecken.

„Die meisten Leute haben ein Problem damit, wenn ich es ihnen erzähle."

Benjamin nickt verständnisvoll und neigt den Kopf sachte in Sabines Richtung. Der Glühwein staut die Hitze in seinem Gesicht. Am liebsten würde er kurz vor die Tür gehen, durchatmen, rauchen, wieder reinkommen und Sabine dann direkt fragen, ob sie ihn mit nach Hause begleitet, weiter feiern. Er hat an alles gedacht. Prosecco steht im Kühlschrank, er hat aufgeräumt. Die coolen und interessanten Gegenstände, die sein Leben außerhalb des Büros illustrieren sollen, hat er rausgelegt, und zwar so, dass man sie gut sehen kann: einen Hockeyschläger, das alte, abgegriffene Bocuse-Kochbuch seines Vaters, ein paar Ausgaben des *National Geographic*, einen Cocktailshaker. Er hat das alles schön inszeniert. Benjamin will nichts dem Zufall überlassen. Er möchte der Architekt des Abends sein.

„Ich bin Synästhetikerin."

Benjamin überlegt, ob gerade eines seiner Bürohemden gebügelt im Schrank hängt. So, dass sie *danach* einfach an seinen Schrank gehen könnte, um sich das Hemd über ihren nackten Körper zu ziehen und darin zu schlafen, wenn sie es so wollte. Im Fernsehen machen Frauen so etwas. In Filmen. Er findet das ziemlich sexy.

„Weißt du, was das ist?"

Benjamin zieht die Stirn in Falten. Mit dem Hemd ist er sich nicht sicher. Ob sie es auch anziehen würde?

„Ich wusste, du findest das komisch!"

Er hat keine Ahnung, was Sabine gerade gesagt hat. Er schüttelt den Kopf. Um den Gedanken an das Hemd aus seinem Kopf zu vertreiben.

Sabine scheint beruhigt.

Irgendwie hat Benjamin in diesem Moment, ohne es eigentlich genau zu wissen, alles richtig gemacht. Jetzt seufzt sie, schaut ihn mit großen Augen an, schlingt ihre Arme um ihn, sagt zärtlich: „Du musst wissen, für mich ist das B in deinem Namen so leuchtend und warm. Es ist orange für mich."

Erst später hat es Benjamin gegoogelt. Synästhetiker können in ihrem Gehirn Formen oder Geräusche noch mit anderen Sinnen wahrnehmen, zum Beispiel durch Farben oder Geschmack.

Sein Hemd steht ihr am nächsten Morgen sehr gut.

Als es draußen dämmert, zieht Benjamin seine Schuhe an und geht an den Manikarnika Ghat. Wieder schlägt ihm der Geruch von verbrannten Körpern ins Gesicht. In den engen Gassen drängeln sich die Menschen dicht an ihm vorbei. Meterhohe Stapel gebündeltes Holz und Reisig säumen den Weg. Er empfindet diese Nähe als beklemmend, bekommt Angst und steuert nach rechts, in Richtung Ufer. Der Boden, ausgetretene Steine, Jahrhunderte alt, ist übersäht von welkenden Blüten, blutroten Betelnuss-Spuckeflecken und Aschestaub. Er stellt sich vor, dass er über die Reste von Leichen läuft. Der matschige Boden in der Nähe der Verbrennungsstellen. Ein einziger Friedhof. Die ganze Stadt. Überall wird gestorben. Jeden Tag. Millionen von Fliegen sterben auch täglich und fallen auf die Erde. Insekten, Tiere, Pflanzen – und hier auch: Menschen.

„Die ganz Erde, auf der ich laufe, ist eigentlich ein Friedhof", kommt es Benjamin in den Sinn.

Zwei Büffel stemmen ihre schweren, glänzenden Körper aus dem Wasser und trotten behäbig an ihm vorbei. Er kann ihr schnaubendes Atmen hören, riecht den tierischen, feuchten Geruch ihrer Haut. Spürt ihre wuchtige Masse in seiner Nähe. Die Feuer am Ufer brennen den ganzen Tag und werden auch die ganze Nacht weiter brennen. Körper für Körper.

Sabine sitzt jetzt im Großraumbüro einer Firma, die Nahrungsmittelzusatzstoffe erforscht und entwickelt. Vielleicht denkt sie an ihn. Benjamin denkt die ganze Zeit an sie. Sie ist seine erste Freundin. Er hat keine Ahnung, was Liebe bedeutet, aber wenn es das ist, was Sabine mit ihm macht, dann will er mehr davon.

„Die einzige Freiheit eines Mannes ist die Tat", hat sein Vater vor seiner Reise begeistert gesagt und ihm einen Umschlag mit Geld für das Flugticket nach Delhi zugesteckt. Seine beiden Brüder haben nur den Kopf geschüttelt. Was wolle er denn nur in Indien? Sein Interesse an diesem Land stößt bei ihnen auf Unverständnis.

Zwei nackte Sadhus, deren Körper gänzlich mit getrocknetem Lehm beschmiert sind, steigen in den Fluss. Mit einer Blechkelle schöpfen sie sich das brackige Wasser über ihre verfilzten langen Haare und lösen die Lehmschichten ab, spülen sich den Mund aus, waschen ihre Genitalien.

Ein einziges Vollbad im Fluss soll von sämtlichen Sünden des Lebens rein waschen. Von allen Sünden.

„Wo ist Benjamin?"

„Am Ende des Ganges."

Gelächter im Büro. Die Kollegen schlagen sich gegenseitig prustend auf die Schultern. Ganz kumpelhaft. Sabine, die gerade etwas in ihren PC getippt hat, schaut irritiert hoch. Eine kleine Gruppe steht an Benjamins Schreibtisch. Er kann sie bis in die Personaltoilette am Ende des Flurs hören. Sabine steht auf, sieht über den schulterhohen Platzteiler und starrt die vier Kollegen, die sich um Benjamins Schreibtisch versammelt haben, irritiert an. Ein großer, schlanker, junger Mann mit spitzem Kinn und tiefliegenden Augen, dessen Anzüge immer eine Nummer zu klein scheinen, erwidert ihren Blick. Die anderen drei schauen betreten auf den Boden. Sabine will sich räuspern, doch bevor sie etwas sagen kann, nimmt der schlaksige Kerl Benjamins Ganesh-Figur vom Schreibtisch und tut so, als ob er dem Elefanten-Gott am Rüssel zieht. Mit den Lippen imitiert er Elefanten-Trompeten. Die Kollegen laufen kichernd zu ihren Arbeitsplätzen. Der Schlaksige wirft die Ganesh-Figur auf Benjamins Schreibtisch, wendet den Blick von Sabine ab und geht. Seit Tagen schon machen sich die Kollegen über seine „Selbstfindungsauszeit" lustig. Genervt kommt er ins Büro zurück. Sollen sie ihn doch endlich in Ruhe lassen damit.

Um 16.00 Uhr ist er wieder mit Sabine verabredet. Sie saugt ihn auf. Er kann nur noch an sie denken. Benjamin möchte aufgesaugt werden. Was Sabine ihm ins Ohr flüstert, was Sabine von ihm möchte, das macht ihm zwar auch Angst. Aber diese merkwürdige Kombination aus Furcht und Faszination übt gleichzeitig eine riesige Anziehungskraft auf ihn aus und steigert sein Verlangen nach ihr noch mehr. Er wird alles für sie tun.

Benjamin lehnt sich an ein Geländer, amerikanische Touristen bleiben eine Weile hinter ihm stehen und streiten. Wortfetzen wehen zu ihm herüber. Er erkennt, dass es darum geht, die Stadt so schnell wie möglich wieder zu verlassen. Sie wollen nach Kuala Lumpur weiterreisen, um den Vorbeiflug des Kometen am Himmel besonders gut sehen zu können. Normalerweise lässt sich dieser Brocken nur alle 76 Jahre auf einer sehr langen Umlaufbahn um die Erde für einige Monate blicken, aber jetzt sind die Medien voll davon und alle rätseln, warum er schon viel früher wieder zu sehen sein wird. Einer von ihnen hält die Kamera am ausgestreckten Arm nach oben und filmt den Verbrennungs-Ghat. „Disgusting" hört Benjamin eine blasse junge Frau mit roten Wangen sagen.

„Hey my friend", sagt eine schnarrende Stimme hinter ihm. Benjamin spürt eine Hand auf seiner Schulter. Er weiß schon, was jetzt als nächstes kommt. Das Angebot, Ganja zu rauchen, Bhang zu essen oder anderes Haschisch zu kaufen. Das hat man ihm schon unmittelbar nach seiner Ankunft am Bahnhof angeboten. Seitdem wurde Benjamin weitere unzählige Male in den kleinen Gassen darauf angesprochen. Er schüttelt den Kopf, dreht aber das Gesicht dennoch langsam vom Fluss weg. Die Hand liegt immer noch auf seiner Schulter. Während Benjamin beteuert, dass er gar keine Drogen kaufen möchte, blickt er plötzlich in die unglaublich blauen Augen eines jungen indischen Mannes. Benjamin schätzt ihn nicht älter als 20 Jahre, die Zähne schlecht, gelb und rot vom Pan Masala kauen, ein dünner schwarzer Schnurrbart, Seitenscheitel, ein braunes kurzärmeliges Hemd mit einem Kugelschreiber in der Brusttasche. Der Mann reibt einen harzigen schwarzen Klumpen zwischen Daumen und Zeigefinger und hält ihn wortlos an Benjamins Gesicht. Der würzige Duft von Cannabis steigt ihm in die Nase. So etwas hat er noch nie gerochen. Die Hand des Dealers fühlt sich weiterhin leicht auf seiner Schulter an, die blauen Augen scheinen tief in ihn hineinschauen zu können und ihn so förmlich ‚auszuziehen‘. Benjamin hat das Gefühl, der blauäugige Dealer kann alles lesen, was in seinem Kopf ist, alle geheimen Wünsche, intimsten Gedanken und tiefsten Erinnerungen. Dabei erzeugt der würzige Geruch kein anderes Gefühl als angenehmes, warmes und verheißungsvolles Wohlempfinden. Für den Bruchteil einer Sekunde denkt er an Sabine und meint zu spüren, was sie spüren kann. Er sieht, hört und fühlt diesen Geruch, und seine Farbe ist pulsierend rot. So wie flüssiges Magma, das langsam einen Abhang herunterläuft und zu Stein werden möchte.

Benjamin fragt: „How much?"

Im Konferenzraum starrt Sabine tagelang bei den Morgenbesprechungen in Benjamins Richtung. Als dieser in einem kurzen Referat zu den Vorzügen des Nahrungsmittelzusatzstoffes Natriumbenzoat mit der Nummer E 201 und alternativen Einsatz- und Absatzmöglichkeiten sowie möglichen neuen Kunden für dieses Produkt in ihre Richtung schaut, lehnt sich Sabine in ihrem lederbezogenen Stuhl weit zurück. Die weiße Bluse spannt sich vor ihrer Brust. Benjamin wendet den Blick ab, betätigt die Presenter-Fernbedienung und erläutert eine weitere Folie über die Verwendung von Natriumbenzoat als Konservierungsmittel und seinen Einsatz in Getränken.

Er schwitzt. Zwei Folien noch, dann hat er es geschafft.

Während zwei Kollegen seinen Vortrag durch einen kleinen Disput über die Sicherheitsvorschriften beim Umgang mit dem in höheren Dosen giftigen Natriumbenzoat aufhalten, lockert Benjamin leicht die Krawatte. Das Blut pumpt in seinen Kopf.

„Bei Vollkontakt mit dem Rohstoff immer Nitrilkautschuk-Handschuhe mit 0,11 Millimeter Dicke verwenden. Das kann ich Ihnen nur raten..."

Der Projektor scheint ihm direkt in die Augen.

„Ich glaube, nicht gelesen zu haben, dass Atemschutz nötig ist."

„Da wundert mich ja gar nichts mehr. Wenn Sie so auch Ihre Kunden beraten...?"

24

Am Projektor vorbei sucht sein Blick wieder Sabines. Sie zieht die Augenbrauen hoch.

Benjamin schwitzt.

„Filter P 1."

„Versicherungstechnische Gründe."

Sabine schiebt ihren Zeigefinger im Zeitlupentempo der Länge nach komplett in den Mund. Benjamin überspringt die vorletzte Folie, ein mit Photoshop bearbeitetes Eichhörnchen, das den Daumen hochzuhalten scheint, nur der obligatorische Dank für die Aufmerksamkeit der Zuhörer ist noch zu sehen.

Sabine schaut Benjamin provozierend an, saugt an ihrem Finger und zieht ihn wieder langsam heraus. Es gibt ein kleines Schmatzgeräusch. Dann umkreist sie die Fingerspitze mit ihrer Zunge. Ach du meine Güte. Benjamin schwitzt noch stärker und hat Angst, dass jemand seinen roten Kopf sieht. Speichel sammelt sich in seinem Mund. Er schluckt ihn schnell hinunter. Besser er verlässt auf der Stelle den Konferenzraum.

Der Affe und Benjamin schauen sich regungslos an. Im Gehirn des Affen arbeitet es sichtlich. Da Benjamin die Balkontür nicht geschlossen hat, sitzt der Affe auf der Schwelle und schaut abwechselnd ihn und eine Packung Kekse an, die dem Rucksack ragt. Über die Nachtischlampe hat Benjamin ein Handtuch gelegt, jetzt stinkt der Raum nach verbranntem Laub.

Der blauäugige Dealer hat ihn verarscht. Für 500 Rupien hat er eine Handvoll wirkungsloser grüner Teeblätter gekauft, allein das Zeitungspapier, in dem sie eingewickelt waren, riecht nach dem harzigen Haschisch. Benjamin hat einen pelzigen und verräucherten Geschmack auf der Zunge, er wirft sich resignierend auf das Bett. Der Affe springt in das Zimmer, greift die Kekspackung, blickt herausfordernd zu Benjamin und verschwindet mit einem Satz aus der Balkontür.

Kurz überlegt Benjamin, ob er das duftende Zeitungspapier rauchen soll. Dann verwirft er den Gedanken, zerknüllt das Papier und schmeißt es in die Ecke. Er würde sich zu gerne high fühlen. Nur für einen Abend diesen Benjamin-Körper abstreifen, dieses lästige Bewusstsein loswerden, alles hinter sich lassen. Woanders hin… fliegen… Aber wenn er jetzt das Licht ausmacht, sich hinlegt, die Augen schließt.

Dann. Dann. Dann.

Sabine. Sabines Oma. Oma Henni. Sabine. Sabine. Sabine.

Der helle Kies knirscht unter ihren Füßen. An einzelnen Stellen strecken sich lange wilde Grashalme durch die Randsteine. Bäume und Büsche sind so hoch gewuchert, dass die altehrwürdige Villa von der Straße kaum mehr zu erkennen ist. Auf dem Messingklingelschild steht: *A & H von Borchert.*

Sabine nimmt Benjamins Hand und klingelt. Der Türöffner summt, und sie werden von der alten Dame hereingelassen. Ohne viel Zeit mit überflüssigem Geplänkel zu verschwenden, schiebt sie die beiden in die gute Stube.

Sie ist vorbereitet und hat den Tisch im Esszimmer mit altem geblümtem Porzellan hübsch gedeckt, er registriert schnell Kaffeegedeck und einen selbst gebackenen Käsekuchen.

Der Blick aus dem Fenster reicht weit hinaus über ein volles Weizenfeld, das sich sanft im Wind wiegt. Eher am Rand, aber doch weit genug mitten drin, wächst aus nicht nachvollziehbaren Gründen ein kleiner Bereich mit rot blühenden Mohnblumen. Benjamin ist beeindruckt. Das Ganze sieht aus wie ein blutroter Fleck auf einem beigefarbenen Laken oder wie ein Ausschnitt aus einem impressionistischen Gemälde.

Vor Benjamin steht ein Teller mit einem Stück Kuchen. Oma Henni schaut ihn durchdringend an. Goldene Ohrringe ziehen ihre faltigen Ohrläppchen nach unten. Sie steht von der Kaffeetafel auf. Mit einer Hand stützt sie sich am Tisch ab. Bisher hat er keinen Bissen herunterbekommen. Mit dem Gehstock deutet sie auf Benjamin und sagt, zu Sabine gewandt:

„Isst er keinen Käsekuchen?"

Benjamin schüttelt den Kopf, um sofort darauf wieder zu nicken, hastig überlädt er die Kuchengabel mit einer großen Portion und stopft sie in den Mund. Oma Henni beobachtet das Schauspiel missbilligend und zieht eine Augenbraue hoch.

Kurze Zeit später liegt Benjamin in Oma Hennis Bett.

Um ihn herum nimmt er den Geruch von altem Mensch wahr, der lange nicht gewechselte Kopfkissenbezug dünstet auch aus. Sabine sitzt auf ihm und reibt ihren nackten Körper auf seinem ebenfalls nackten Schoß.

„Mach dir keine Sorgen, es dauert ewig, bis sie die Treppe nach oben geschafft hat", flüstert Sabine.

„Ich zeige Benjamin die alten Fotos im Flur und das Haus", ruft sie durch die angelehnte Tür nach unten. Im großen Dachzimmer mit dem runden Fenster hat Sabine als Kind oft vor dem Spiegel gesessen, während Oma Henni ihr die langen rotbraunen Haare gebürstet und leise zugeflüstert hat, wie hübsch sie aussieht, und dass die Männer sich nach ihr umschauen werden.

Sabine mochte es immer sehr, wenn ihre Großmutter sie streichelte. Die Berührungen der Männer jedoch, die Oma Henni dann oft ins Haus gelassen hatte, und die ihr sagten, wie hübsch sie aussah, mochte Sabine nicht.

„Wenn Oma Henni stirbt, gehört das ganze Haus mir." Sabine flüstert in sein Ohr.

Seine Hände gleiten über ihre Schultern, fassen nach ihren Brüsten.

„Dann kann ich hier alles anzünden", haucht Sabine, ihr Atem ist feucht an seiner Wange.

„Gleich platze ich", denkt Benjamin. Am liebsten würde er die Position wechseln. Die Kontrolle zurück erlangen. Die orangenen Kreise auf der alten Tapete sehen aus wie 100 Augen und bewegen sich unter Sabines Bewegungen auf und ab. Benjamin blickt zur Seite. Sein Hals fühlt sich trocken an, wie mit Paniermehl gefüllt. Opa Anton schaut ihn von den Bilderrahmen auf dem Nachttisch an, bekleidet mit einer Felduniform, dem Sonntagsanzug und den Wanderhosen. Unten an der Treppe hört er Oma Henni etwas rufen. Schritte. Sabine lehnt sich auf ihm zurück und quetscht ihn mit ihren Schenkeln fest zusammen. Er kann nicht aufstehen. Die Treppe knarzt.

Schritte. Schritte. Schritte. Sie kommen näher. Und näher.

Er kommt auch.

Die einzige Veränderung am nächsten Morgen ist das Affengeschrei. Ansonsten wacht Benjamin in der gleichen Hose mit Loch, dem gleichen Zimmer und den gleichen Bildern im Kopf auf. Er vermutet, dass es auch der gleiche Affe vom gestrigen Abend ist. Er ist noch mutiger und vorlauter geworden, brüllt vor der Balkontür herum, schlägt sogar mit seinen Affenfäusten gegen das Moskitogitter. Die Postkarte von Sabine liegt auf dem Kissen neben seinem Kopf. Fast sieht es aus, als hätte sie jemand in der Nacht so für ihn hingelegt.

Mit einer wütenden Handbewegung wischt er die Karte vom Bett, reibt sich die Stirn, die Schläfen, die Augenhöhlen. Zittrig, nervös, kraftvoll und fester, als es sein müsste. So, als ob er sich damit irgendeine Gewissheit aus den Augen reiben wolle.

Benjamin streift ein T-Shirt über, wühlt in seinem Rucksack, findet eine weitere Packung Kekse und setzt sich auf den Balkon. Der Affe hört sofort auf zu schreien. Benjamin steckt sich einen Keks in den Mund und hält dem Affen die komplette Schachtel hin. Irgendwie stellt er sich vor, der Affe würde sofort damit verschwinden und seine auf ihn wartende, hungrige indische Affenfamilie versorgen. Aber während Benjamin die Sadhus am Ufer bei ihren Meditationen beobachtet, setzt sich der Affe sehr nah neben ihn, greift sich die Schachtel und beginnt, Keks für Keks in sich hinein zu stopfen.

Minutenlanges Schweigen.

„Ich habe gelesen, dass mal ein Sadhu 25 Jahre lang seinen Arm hoch gehalten hat, nur um seine Enthaltsamkeit zu beweisen", sagt Benjamin zu dem Affen.

Der hält nur kurz im Kauen inne und schaut ihn fragend an. Benjamin wiederholt den Satz auf Englisch. Keine Reaktion. Der Affe futtert ungerührt weiter. Für einen Augenblick hofft Benjamin, der Affe hält auch ihm die

Schachtel hin und ihm biete ihm einen der letzten übrigen Kekse an. Natürlich passiert das nicht.

Benjamin bewundert die Sadhus für ihr Bad im Ganges. Für die Absolution, die sie erhalten. Der Kopf muss dafür untergetaucht werden. Ganz oder gar nicht. Kolibakterien, Typhus, Cholera. Viele spülen sich sogar den Mund aus. Allein der Gedanke daran beschleunigt seinen Herzschlag. Er wird es nicht alleine schaffen. Er wird Hilfe brauchen. Jemanden, der ihn sanft untertaucht. Rückwärts oder vorwärts. Benjamin weiß, er braucht einen Helfer.

„Natriumbenzoat lässt sich nicht gut in einen Kuchen backen, und in großen Mengen schmeckt es in einem Pudding scheußlich."

Benjamin keucht.

„Cola würde sich anbieten."

„Aber die ‚amerikanische Brause', wie alte Leute manchmal dazu sagen, kann Oma nicht ausstehen. Diese braune Brühe würde sie nie trinken. Wenn man ein Stück Fleisch in Cola einlegt, ist es nach zwei Tagen aufgelöst. Das hat sie mal gelesen, in einem Magazin. Dann muss es stimmen."

Sabine hat die Hand in Benjamins Unterhose. Ihre Gesichtshaut ist blass, seine Wangen sind hochrot.

Titandioxid. Geht nur in weißen Sachen. Zahnpasta. Mehl. Zucker.

Chinolingelb S 1. Ein Fläschchen pro Flasche Apfelsaft.

Das Kornfeld steht kurz vor der Ernte. Benjamin überlegt, ob Oma Henni Sabine und ihn vom Esszimmerfenster aus beobachten kann. Der Wind lässt Millionen von Kornähren um ihn herum rascheln.

Dann kommt Benjamin schon wieder.

Der enge Raum mit der niedrigen Decke dient fünf Personen als Küche, Wohn- und Schlafzimmer. Eine Frau mit unendlich müden Augen sitzt auf dem Boden und reinigt den schwarz angelaufenen Boden eines Topfes mit Sand. Ein älterer, offenbar blinder Mann liegt am Ende des Zimmers, zwei Mädchen putzen einen Haufen Linsen. Der blauäugige junge Mann, mit dem Hemd und dem Kugelschreiber in der Brusttasche, erkennt seine eigene Lage und springt sofort vom Boden auf. Ihn zu finden war leichter, als Benjamin gedacht hat. Er hat sich nur eine Weile abends am Ufer herumgedrückt, bis er ihn in einer Menge junger Backpacker ausmachen konnte. Dann ist er ihm durch die Gassen gefolgt, bis zur Wohnung seiner Eltern. Benjamin weiß, dass er sich damit einen zusätzlichen Vorteil verschafft hat. Jeder Dealer hat Eltern.

Ein unsicheres „Hello my friend" geht dem Dealer über die Lippen. Benjamin nickt kurz in den Raum. Die beiden verlassen, begleitet von den aufgeregten Hindi-Sätzen der Mutter, schnell das Zimmer.

Sein Name ist Sanjeev. Er möchte Maschinenbau studieren. Seine Eltern denken, er würde Touristen am Ufer als Fremdenführer die Ghats zeigen und damit großzügiges Trinkgeld verdienen. Benjamin soll nicht Sanjeev, sondern Jeff zu ihm sagen. Über den Haschischbetrug verliert er kein Wort. Sie gehen einige Schritte durch die engen Gassen. Jeff drückt ihm nach ein paar Metern eine Portion echtes Haschisch in die Hand. Benjamin schüttelt den Kopf und wirft ihm den Beutel zurück.

„I need your help", sagt Benjamin.

Jeff wiegt den Kopf hin und her.

„I need you to dunk me in the Ganga River."

Jeff weißt nicht so recht, was er davon halten soll, aber der 1000 Rupien-Schein in Benjamins Händen stimmt ihn rasch um.

In Unterhosen und einem weißen Leinentuch stehen Benjamin und Jeff an den Treppenstufen.

Das Wasser des Ganges schwappt trüb über die untersten Stufen. Benjamin wirft Sabines Karte in ein kleines Feuer. Der Text der buddhistischen Weisheiten verkokelt langsam vor seinen Augen. Der letzte lesbare Satz auf der Karte lautet:

„Alles was du zurücklässt, findest du in einer anderen Form immer wieder."

Dann ist alles verglüht, und ein Windstoß verteilt die hauchdünnen Ascheblättchen.

Benjamin denkt an das E 407. *Den Husten.*

Jeff hält seine Hand, führt, hält und schiebt ihn. So haben sie es besprochen.

Die Aluminiumsilikate und das Zahnfleischbluten.

Das Wasser ist nicht so kalt. Benjamin hatte befürchtet, dass es eher warm sein würde, ölig, wie ein Überzug auf der Haut. Er presst die Lippen zusammen. Jeff schöpft Wasser mit der hohlen Hand über seine Arme, seinen Rücken. Alle Sünden.

Natriumhexacyanoferrat und die Agonie.

Das Wasser steht ihm auf Brusthöhe. Benjamin tritt in etwas Weiches, das zwischen seinen Zehen zu kleben scheint. Jeff murmelt Worte auf Hindi, seine Hand erreicht Benjamins Nacken. Er gibt sich dem Griff hin und lehnt sich nach hinten.

Oma Hennis Husten. Die stetige Verschlechterung. 92 Jahre sind keine Kleinigkeit.

Benjamin riecht den Ganges. Riecht die abgewaschenen Sünden der vielen anderen Menschen aus dem Wasser heraus. Die kleinen Sünden und die ganz großen. Die Todsünden. Der Ganges stinkt danach.

Sein Rücken ist jetzt im Wasser. Jeff steht da wie ein baptistischer Täufer.

Oma Hennis blasse, gefaltete Hände, als würde sie im Ehebett nur schlafen. Aus dem Bilderrahmen wacht Opa Anton in seiner Felduniform. Abschied. Traurig ja, aber sie hatte doch ein so erfülltes Leben. Während er unter Sabine im Nachbarzimmer wieder kommt.

Benjamin schließt die Augen.

E 208.

Das Wasser schwappt an sein Kinn. Er atmet tief ein. Jeff drückt seine flache Hand auf Benjamins Brust. Das ist es. Keine Geräusche, der eigene Puls im Kopf, der Körper schwebt.

Vergebung. Vergebung. Vergebung. Die Bilder in seinem Kopf werden unscharf. Er empfängt keine Bilder mehr. Der Sender wird schwächer. Der Applaus und das Gejohle amerikanischer Touristen holen ihn in die wirkliche Welt.

Während der Ganges stetig weiterfließt, die Sünden fortspült, bis ins Meer, die sie verdünnt und verdunstet, steigt Benjamin aus dem Fluss.

Es ist der 7. März 2006. Um 18:20 fährt sein Zug zurück. Von Varanasi weg. In seine neue alte Welt.

Wenn Benjamin diesen Zug tatsächlich erreicht, und zu diesem Zeitpunkt die akkurat geschriebenen Tafeln mit den Namen der Reisenden durchsucht, um seinen eigenen Namen und den richtigen Waggon am Shiv Ganga-Express zu finden, wenn also nichts dazwischenkommt, wird er mit hoher Wahrscheinlichkeit den Tag nicht überleben. Bei der als „Varanasi Bombings" bekannten

Anschlagsserie am Bahnhof und im Hanuman Tempel in Varanasi werden am 7. März 2006 genau 28 Menschen sterben, darunter zahlreiche Touristen.

Benjamin sitzt im Taxi, er kann den Bahnhof schon sehen. Als er mit der Hand in die Tasche seiner Shorts greift, um ein paar Rupien-Scheine heraus zu fischen, rutscht sein rechtes Hosenbein ein Stück nach oben und zeigt das Tattoo, dass sich Sabine und er ziemlich betrunken an jenem berauschten Abend auf die Oberschenkel haben stechen lassen. In altmodisch geschwungenen Buchstaben steht da „we're gonna live". Auf Sabines linkem Oberschenkel und auf gleicher Höhe, nur dann als Ganzes lesbar, wenn er und Sabine die Beine fest aneinander drücken würden, steht „forever". Benjamin zieht das Hosenbein herunter, bezahlt den Taxifahrer, seufzt und steigt aus dem Wagen.

,,Do you feel the way you hate
Do you hate the way you feel"

Bush, Greedy Fly

2. Sehnsucht ist ein treuer Begleiter

Valium, Nembutal, Demerol, Captagon, Sangenor. Das ist alles ganz gut, vielleicht für eine Weile. Für einen Sommer. Aber ich finde *Sehnsucht* besser. Du hast wesentlich länger was von ihr als von irgendeiner kurzen Erfüllung. Du musst sie nicht ständig neu beschaffen. Sie füllt sich von ganz alleine auf. Sie ist ständig in deinem Kopf. Die Sehnsucht kann dir ein Upper oder ein Downer sein, sie ist ein treuer Begleiter, bleibt immer bei dir, wie ein alter Hund. Sehnsucht ist ein alter Freund.

Alles fängt mit Musik an. Wie in einem Kinofilm. Musik am Anfang, Musik für das Ende. Dazwischen etwas Handlung und Hintergrundmusik. Nur bei mir, da spielt die Musik die ganze Zeit durchgehend, laut, aufdringlich, leidenschaftlich. *Elsa.*
Wie ich Elsa kennengelernt habe, ist jetzt nicht so wichtig, vielleicht würden manche sogar sagen, es war alles sehr romantisch. Ich liege hier in einem aufgeblasenen Riesenschwimmreifen mit Aussehen eines Donuts in einem pipiwarmen Pool in Südkalifornien. An einem Ort, an dem ich noch vor drei Monaten im Traum nicht erwartet hätte zu sein. Ich trinke Corona-Bier mit Kronkorken, die man aufdrehen kann, die in einem aufblasbaren Bierkasten irgendwo zwischen Keith, Elsa und mir im Wasser treiben. Die Sonne knallt mir auf den Kopf, und an meinem rechten Oberarm brennt ein frisches Tattoo von einem

Koikarpfen, der sich selbst versucht, in den Schwanz zu beißen.

Ich bin in Los Feliz, Downtown Los Angeles. Rodney Drive 1114. In einer Garage in einem der Nachbarhäuser hat Walt Disney Mickey Maus erfunden. Jack Black wohnt in der Nachbarschaft.

Das ist alles ganz schön viel auf einmal.

Also in Kürze: Ich heiße Jonas von Borchert, bin 28 Jahre alt und habe von meinen Eltern zum Abitur ein Golf-Cabrio und ein Medizinstudium geschenkt bekommen. Eigentlich arbeite ich als Arzt im Schichtdienst in der Notaufnahme zwischen 24 und 36 Stunden ohne Pause in einer riesigen Klinik, aber seit ich schachtelweise Methylphenidat und Beutel voll mit Patientenpisse mit nach Hause nehme, sind meine Kollegen etwas misstrauisch geworden. Oder sagen wir so, das Betriebsklima hat sich dadurch sehr zu meinen Ungunsten verändert. Also habe ich mich entschieden, erst mal nicht weiter zur Arbeit zu erscheinen.

Ach ja. Das mit der Patientenpisse. Was das soll? Das ist auch nicht so offensichtlich. Das Geschäft mit dem Urin hat sich eher so nebenbei entwickelt. Es ist so: Methylphenidat, dieses Amphetaminderivat, das munter und wach macht, und zappelige ADHS-Kinder ruhiger, das nehmen wirklich viele im Schichtdienst in der Notaufnahme. Bei diesen Arbeitszeiten muss man sich wirklich was einfallen lassen. Das Zeug ist aber nicht nur bei Ärzten enorm beliebt. Studenten, Banker, Erzieherinnen, Bauarbeiter. Ihr würdet euch wundern, wie die alle darauf abfahren.

Manche meiner Kunden werden aber gerne immer mal wieder zum Urintest gebeten. Und da kommt dann der Patientenurin ins Spiel, natürlich ganz saubere Ware. Gegen kleinen Aufpreis, das ist ja klar.

Ich gehe also nicht mehr zur Arbeit. Meine Wohnung sieht aus wie ein Saustall, ich habe angefangen, die Raufasertapeten an den Wänden als Notizzettel zu benutzen. Irgendwas muss man ja machen. Wenn ich etwas Geld gespart habe, werde ich eine von diesen heruntergekommenen alten Häusern in Kreuzberg kaufen. Dann richte ich oben ein Studentenwohnheim im Kommunenstil ein und unten eine Kneipe. Wer nix wird, wird Wirt. Das haben meine Eltern früher aus Spaß immer gesagt. Aber mit dem Spaß ist es bei ihnen inzwischen vorbei, spätestens seit ich den Arzt-Job an den Nagel gehängt habe. Mein Vater hat mir immer vorgeworfen, ich würde auf der Stelle stehen und hätte nur für eine Sache im Leben wirklich Talent entwickelt: Das Leben gekonnt zur Seite zu schieben. Vielleicht hätte ich auch nicht gleich in der ersten Woche den weißen Kittel (was für eine sinnlose Verkleidung) weglassen und mit einem T-Shirt mit der Aufschrift: „fucking up my life to save yours" zur Arbeit erscheinen sollen. Mein Vater ist da als Neurochirurg anders. Er steht auf die Hierarchie in der Klinik, den Status, den er sich als Chefarzt erarbeitet hat. Das Strammstehen der Schwestern und Studenten, wenn er zur Visite erscheint. Die Disziplin, das frühe Aufstehen, zehn Stunden

Gehirn-OP und danach noch schnell 20 Kilometer laufen, um für den nächsten Marathon zu trainieren. Nee. Ohne mich.

„Wenn das Leben dir eine Zitrone gibt, mach Limonade draus", hat meine Mutter mir gesagt, immer dann, wenn es mir zu kompliziert wurde, mich durch das Studium zu quälen. Nun, eigentlich hat es Forrest Gump gesagt. Ich persönlich gebe da lieber zur Zitrone noch etwas sauteuren Gin aus der Hausbar meiner Eltern dazu und mache mir einen Gin Fizz daraus. Dann stelle ich die Musik sehr laut und höre Rage against the Maschine: „Fuck you, I won't do what you told me!"

Tut mir leid für meine Eltern, mein Vater hatte sich schon so darauf gefreut, dass ich so werden würde wie er.

Mit 14 wurde mir das pubertäre Aufbäumen durch Tennisverein, Abhängen auf dem Golfplatz, Klavierstunden und wohltätige Lions Club-Flohmärkte gründlich versaut. Meiner Schwester Sabine ging es nicht besser, die hat auf einmal angefangen, Farben und Formen zu riechen und zu schmecken. Jetzt geht sie zur Therapie. Total abgedreht. Wahrscheinlich muss ich jetzt pubertieren und alles nachholen. Und da müssen nun mal alle Eltern durch.

Abends gehe ich auf Konzerte.
Electro, Punk, Goa-Party und so weiter.
Da ist dann dieser Abend.
So ein Kulturverein, der Konzerte organisiert, in einem alten Bunker, Marke Zweiter Weltkrieg. Also von außen sieht das Gebäude aus wie ein normales Haus, aber die

Wände sind alle viermal so dick und aus Stahlbeton, und die Flure sind ein bisschen schmaler, auch da sind Stahltüren drin. Der Sound komprimiert sich dadurch enorm. Bei den meisten Bands klingt das am Anfang ganz komisch. So wie bei Battle Cat.

Die Band steht nach dem Konzert vor der Tür. Es sind nicht mehr viele Leute da. Ein blonder hagerer Kerl, etwas gebückte Haltung, mit hellblauer Trainingsjacke, durchgetretenen Handballturnschuhen und speckiger Jeans, dreht Zigaretten und reicht die fertigen Stengel wortlos herum. Noch vor ein paar Minuten hat er Schlagzeug gespielt. Die Sängerin, eine dunkelhaarige Frau mit kurzen verwuschelten Haaren und blasser Haut, nimmt eine Zigarette und sieht zu mir herüber. Sie friert, ihre Unterlippe zittert, die Hände umklammern den grünen, fünf Nummern zu großen Parker und ziehen ihn fester um die Hüften. Ich stehe im Halbdunkel an der Außenwand und rauche etwas hungrig an meiner Zigarette, so wie alle hier. Unsere Blicke treffen sich kurz. Ihre Augen sind riesig, und kurz denke ich an ein Reh, das im Scheinwerferlichtkegel des Autos mitten in der Nacht in der Bewegung erstarrt.

Elsa.

Das hat sie auf der Bühne gesagt.

Sie hat auf der Bühne gesagt, sie heiße Elsa.

Bis eben war die Welt voller schöner Frauen, und jetzt ist da nur noch diese eine.

Dann kommt ein geschätzt über zwei Meter großer Typ in einem zerrissenen Kater Sylvester-T-Shirt ganz plötzlich auf mich zu, bleibt nur wenige Zentimeter mit seiner

Nasenspitze vor meinem Gesicht stehen, nimmt einen Schluck Bison-Wodka, das ist der mit dem schwimmenden Grashalm in der Flasche, und sagt:

„Wir brauchen einen neuen Roadie, wär' das nix für dich?" Und es klingt, als wolle er eigentlich sagen: „Schau mein Junge, wir alle haben in unserem Leben nur eine einzige Bestimmung auf dieser Erde, kannst du jetzt bitte deine erfüllen?"

Und ich sage schlicht und einfach: „Ja."

Elsa hat diese Vorliebe für Blaubeeren. Sie knabbert tütchenweise gefriergetrocknete Beeren, die ihren Lippen eine ungesunde Blaufärbung verleihen. So entsteht der Titel und das Cover von *Cute Cyanide Lips*. Elsa hat sich durchgesetzt, das Album soll wie der dritte Song auf der Platte heißen.

Im Spätsommer kommt damit vollkommen unerwartet der Durchbruch. Die Fachpresse nennt das Album, und da zitiere ich jetzt mal wörtlich: „Das letzte große ‚Wir-gegen-die'-Album unserer Zeit."

Keine Ahnung, wer sich das ausgedacht hat, vielleicht nur ein Praktikant, der eine Rezension schreiben durfte, aber diese Formulierung schlägt ein wie eine Bombe und trägt erheblich zum Selbstverständnis dieser Band bei. In der zweiten Septemberwoche ist *Cute Cyanide Lips* Platz zwölf in den deutschen Single-Charts, eine Woche später Platz zwei in Schweden, Österreich, der Schweiz, Belgien, Frankreich, dann tatsächlich auch in England. Radioauftritte, Interviews folgen. Und schließlich die Einladung zum Festival in Kalifornien. Von dort soll es weiter für einige Auftritte nach Japan gehen und kurz vor Weihnachten wieder zurück nach Hause. Wenig Schlaf. Viele Upper, Lacher – und immer wieder Elsa. Genau das, was ich gerade brauche.

Wenige Tage nach dem Abend im Bunker bin ich zum Schatten dieser Band geworden. Ich stimme Gitarren, schleppe Verstärker, baue auf und baue ab. Schleuse, so heißt der hagere Schlagzeuger, duldet mich nur. Uruk, der Riese, an dem die Gitarre viel zu klein aussieht, behandelt mich wie den polnischen Bruder, den er sich immer gewünscht hat, Elsa schläft mit mir, wann sie will, und Thomas, der Bassist, zeigt mir noch eine andere Art von „Lochspiel".

Sie haben dieses dämliche Spiel. Ein Ritual. Einer formt spontan mit den Spitzen von Zeigefinger und Daumen einen Kreis, und wenn der gegenüber Stehende in den Kreis oder nur auf die Fingerbewegung schaut, bekommt er eine Ohrfeige. Das kann einem ständig passieren. Manchmal dauert es Stunden, bis es jemandem passiert, dann wieder schaut irgendjemand dreimal in der Minute „rein". Alle schütten sich jedes Mal aus vor Lachen. Ich musste am Anfang wirklich ziemlich viele rote Wangen einstecken. Aber mit der Zeit werde ich besser. So kann man zum Beispiel auch jemanden im Tourbus beim Mittagsschlaf wecken und ihm das „Loch" mit den Fingern direkt vor die Nase halten. Keine Chance. Uruk öffnet die Augen, Zack, klatscht die Ohrfeige. Alles wird gefilmt und auf Facebook hochgeladen. Im Schnitt bekommen wir eine halbe Million Likes.

An der Innenseite von Elsas Zimmertür in einer kleinen Kreuzberger WG hängt ein fast lebensgroßes Debbie Harry-Poster. In der Ecke stehen zwei Lagen gestapelte Euro-Paletten mit einer Matratze darauf. Gelbes Bettzeug. Kein Kleiderschrank. Eigentlich besitzt sie nur ein einziges Paar zerrissene Jeans. Wenn die in der Wäsche sind, läuft sie solange in einem Paar blauweiß gestreifter Boxershorts herum. Auch wenn sie das Haus verlassen muss.

Ich sitze auf dem Boden und beobachte Elsa beim Schlafen. In unregelmäßigen Abständen zucken ihre Mundwinkel, und es sieht aus, als wolle sie träumend jemanden küssen.

Der Name Keith taucht seit der Kalifornien-Einladung sporadisch auf. Ein alter Freund, sagt Elsa. So eine Art „Erfolgsmensch". Und das sagt sie mit so einer blöden Betonung. Hat eine Plattenfirma in Los Angeles, organisiert Punk- und Rock-Festivals.

Man kann ja über die Amis sagen, was man will, aber wenn die sich erst mal für eine Sache begeistern können, dann richtig. Deutsche Künstler werden da ja immer wieder gehyped, Siegfried und Roy mit den Tigern oder andere Zauberer, oder die Band Rammstein, die sind ja in den USA auch richtig bekannt geworden, mit dem, was sie machen.

Nach einem Elf-Stunden-Flug wirkt Keith bei der Begrü-
ßung am LAX-Airport wirklich wie „ein guter alter
Freund". Er umarmt Elsa, hebt sie hoch, seine Hände
gleiten zu ihren Hüften, umfassen ihren Hintern. Wir
fahren in einem Van durch L. A. Vor einer großen mo-
dernen Kirche steht eines dieser riesigen Werbeschilder
mit der Aufschrift „Are U here 2 believe?" Es riecht
künstlich nach Pina Colada-Duftbaum.

Keith ist einen Kopf kleiner als ich und sieht in seinen
Flipflops, den blauen Surfershorts und dem halb offenen
weißen Kurzärmelhemd wie ein gemütlicher, harmloser
Collegejunge aus. Nur sein Gesicht ist verlebter und wirkt
schlimmer als alle anderen, die ich in den letzten Wochen
angeschaut habe. Er fährt mit uns in der Dämmerung alles
ab, was ziemlich beindruckt. Sunset Boulevard, Holly-
wood Hills, Griffith Observatory.

Schleuse, Uruk und Thomas sind längst auf der Rückbank
eingepennt.

Elsa stellt interessierte Fragen. Sie unterhalten sich über
den Kometen, und was sein Erscheinen in den Menschen
auslöst. Keith sagt, dass da oben wohl irgendwas durchei-
nandergeraten sein müsse, weil er viel zu früh komme.
Elsa lacht, dreht sich zu mir herum und sagt in meine
Richtung: „Witzig, das ist ja wie bei dir!"

Ich versuche möglichst cool, diese Aussage zu ignorieren.
Meine Augen sind starr auf die Straße gerichtet, verfolgen
das rhythmische, weiße Aufflackern des Mittelstreifens im
Scheinwerferlicht. Wie in einem David Lynch-Film,
kommt es mir in den Sinn.

Ab und zu lacht Elsa ausgelassen, wirft den Kopf in den Nacken, und Keith legt seine Hand wie beschwichtigend auf ihren Oberschenkel.

Vom Mulholland Drive schweift unser Blick über das gigantische schachbrettartige Lichtermeer. Am dunklen Nachthorizont, am anderen Ende des Tals, glühen orange-rote Waldbrände an den äußeren Grenzen des Stadtbe-zirks. Heiße Winde peitschen die Flammen auf. Glutregen treibt das Feuer weiter voran. Sieht ein bisschen aus wie Mordor, der Schicksalsberg, Ursprung allen Übels.
Ich bin wirklich in L. A. gelandet, und es ist bunt, laut, heiß und berauschend. Ich bin ein Roadie, die Nacht ist mein Tag, und trage verschwitzte Bandshirts anstatt weiße Kittel. Und ich schlafe mit der Sängerin. Unwillkürlich muss ich grinsen. Wer hätte das gedacht.

Mit meinen Händen paddele ich im lauwarmen Wasser. So sehr ich mich auch anstrenge, ich kann den schwim-menden Corona-Sixpack nicht erreichen. Keith und Elsa stoßen mit ihren Schwimmreifen aneinander. Kichernd. Die Villa von Keith ist wie ein Disneyland für Erwachsene und Drogenfreunde. Jeder Idiot hat hier einen Pool. Die-ser hier hat die geschwungene Form einer Niere.
Einige mexikanische Putzfrauen versuchen diskret, das Chaos der letzten Nächte zu beseitigen. Uruk und Schleu-se liegen in ihren Kingsize-Betten, mit wem auch immer. Thomas liest, völlig nüchtern, in einem Baedeker-Reiseführer, den ihm seine Mutter mitgegeben hat. Ich

weiß überhaupt nicht, wie viel Uhr es ist. Aber heute Abend ist das Festival-Konzert. Das verdammte Fisch-Tattoo auf meinem Oberarm, es brennt immer noch. Außer Thomas haben sich gestern alle im gleichen Laden tätowieren lassen. Elsa hat sich auch für einen Koi-Karpfen entschieden. Ganz knapp über ihrem Schamhaar. Ihrer trägt eine Kapitäns-Mütze und darunter steht:
„No meat on Friday."

Battle Cat bereitet sich in einem kleinen Container neben der Bühne auf den Auftritt vor. Während Schleuse sich mit den Drumsticks auf einem Jackenstapel lautlos warm trommelt, überprüfe ich die Gitarren und Verstärker. Elsa benutzt eine Gibson Custom Shop SJ-200 Western Classic, gespielt durch einen Laney Lionheart 4 x 10 Verstärker. Die Gitarre stimme ich für einige Songs eine halbe Oktave tiefer. Sie hat ein Handtuch um den Hals, trägt Schweißbänder und macht Dehnübungen wie vor einem Marathonlauf. Es riecht nach ausgelaufenem Bier, Deo und Schweiß. Thomas liest seelenruhig mit einer Taschenlampe in seinem Buch.
Von der Bühne kommt ohrenbetäubender Lärm. Das Publikum schreit, aus dem kleinen Aufstieg hinaus strömt der Dunst schwitzender Körper zu uns hinein. Die Band vor uns startet zur finalen Zugabe: Jimi Hendrix Version von „The Star Spangled Banner".

Nur noch verzerrter und noch heulender.

„Oh, say can you see by the dawn's early light..."

Thomas legt sein Buch zur Seite, bei den Anderen steigt die Anspannung spürbar. Elsa läuft und hüpft konzentriert auf der Stelle, ohne mich oder überhaupt jemand anzusehen.

„...And the rocket's red glare, the bombs bursting in air..."

Keith steht plötzlich hinter mir und legt mir eine Hand auf die Schulter, dass ich erschrocken zusammenzucke. Er flüstert mir unangenehm nah ins Ohr, ich spüre seine Lippen am Ohrläppchen:

„Sag Jonas, warum bist du hier in Los Angeles?" "
„...Gave proof through the night that our flag was still there..."

Ich versuche durch eine Bewegung, seine Hand von meiner Schulter zu schütteln, aber er gibt nicht nach. Sein Atem stinkt nach Alkohol und Zigaretten. Eigentlich will ich ihm gar nicht antworten, aber die Wahrheit ist schon in Gedanken formuliert:

Ich bin nur wegen Elsa hier. Weil ich mich in sie verknallt habe. Weil ich ihr restlos verfallen bin, und weil wir Sex haben, um irgendwelche Sehnsüchte zu befriedigen, uns gegenseitig etwas zu beweisen oder Aggressionen abzubauen. Bei Schimpansen soll es wohl auch so laufen. We fuck away the pain. Weil ich es mir nach nur drei Monaten in einem stickigen Tourbus nicht mehr anders vorstellen kann. Und die Erinnerung an all das, was ich mit diesen Leuten und Elsa erlebt habe, vielleicht das einzige Paradies sein könnte, aus dem ich nicht mehr vertrieben werden kann.

„...*Over the land of the free and the home of the brave...*"

„Die Stadt ist – cool", sage ich stattdessen.

„Aha, cool also." Keith zieht die Nase hoch und wischt sich einen kleinen rotzigen Blutstropfen mit dem Handrücken weg.

Er schaut mich mitleidig an. Das Gitarrensolo verzerrt sich unendlich.

Dann nimmt er meinen Kopf ruckartig in seine Hände, drückt meinen Nasenrücken an seinen und sagt: „Los Angeles ist keine coole Stadt, Jonas. Sie ist dreckig, alt und böse. Das Böse war schon immer hier, Jonas. Es wartet. Schau dir die ganzen Verrückten an, die in Los Angeles nur wegen des bescheuerten Kometens mit ihren Schildern an den Straßen stehen, Sekten gründen, sich kollektiv umbringen wollen, den Weltuntergang wittern und sein Erscheinen wie eine biblische Prophezeiung bejubeln. Oh Mann!"

Er sticht mit seinem Finger in meine Brust: „Die Probleme sind hier unten. Hier!"

Brutal stößt er mich weg, zeigt gleichzeitig mit einem Finger auf Elsa, mit dem anderen auf mich, dann auf seine Augen. Schaut mich eindringlich an, irgendwie wahnsinnig, und presst aus seinen Lippen hervor:

„I'm watching you."

Leck mich, antworte ich ihm in Gedanken.

Applaus.

Die Band vor uns wird lautstark verabschiedet. Während das Publikum aufgepeitscht nach weiteren Zugaben brüllt, drehe ich mich wortlos um und beginne mit meiner Arbeit, schiebe Verstärker, platziere Klinkenstecker, stelle Gitarren auf die Bühne. Ein trockener Wind weht mir entgegen. Als ich mich kurz umdrehe, sehe ich im Container Uruk, Schleuse, Thomas und Elsa, wie sie sich an den Schultern umarmen und die Köpfe zusammenstecken wie ein Rugby Team. Ihr Ritual, bevor es auf die Bühne geht. Das ist solch ein intimer Moment, und mir wird zum ersten Mal richtig klar, dass ich eigentlich nicht hier sein sollte. Es fühlt sich falsch an. So als würde ich meine Eltern beim Sex beobachten. Ich gehöre nicht dazu.

Die Gruppe löst sich wieder voneinander. Keith taucht zwischen ihren Köpfen auf. Elsa streicht ihm zart über den Arm. Dann kommt sie zu mir, ich will etwas sagen, bringe aber keinen Ton heraus. Mein T-Shirt hat auf der Brust irgendwann einen Riss bekommen, Elsa steckt ihren Finger in das Loch und reißt ruckartig einen Fetzen heraus. Als ich an mir herunter sehe, kann ich es kaum glauben: Das entstandene Loch hat die Form eines Herzens. Elsa küsst mich auf meine schweißnasse Stirn und geht auf die Bühne. Das Konzert beginnt.

Ihre Finger gleiten rasend schnell über die Gitarre. Es sieht aus, als würde ihre linke Hand die Saiten nur sanft streicheln, während der rechte Arm kraftvoll auf und ab schlägt. Zärtlichkeit und Gewalt, sanftes Flüstern und wütendes Schreien: Ihre Musik lässt uns alle nicht kalt und keine Sekunde lang ruhig Luft holen.

Ich werfe einen Blick in die Menge vor der Bühne. Das Scheinwerferlicht und die Dämmerung tauchen das Publikum in ein warmes Orange. Ihre Gesichter glitzern wie Goldfische, die sich nach ihrem Futter recken.

So wie ich.

Durstig, hungrig, sehnsüchtig.

Der Fisch auf meinem Arm brennt.

„*Es ist keine Übertreibung zu sagen, dass das erste echte Problem, dem ich mich in meinem Leben gegenüber sah, das der Schönheit war.*"

Yukio Mishima

3. Miyagi

Jamie. Aus England, wie er sagt. Manchester, diese Gegend. Er sagt, er sei Banker.

Wir steigen aus dem Fahrstuhl. Ich fummele an meiner Jacke herum, und in diesem Moment, in dem ich die Schwelle der Fahrstuhltür überschreite, löst sich der *JR Ewing for President*-Button von meinem Kragen, fällt in den Fahrstuhlschlitz und ist weg. Verdammt. Den habe ich doch gerade erst gestern in Shibuya gekauft.

Jamie hat einen Tisch reserviert. Ich weiß, dass er sich mit einem Mädchen treffen will, und dass ich eigentlich fehl am Platz sein werde. Aber das ist mir egal. Noch.

Eine dünne, komplett in Schwarz gekleidete Dame, in strengem Kostüm, mit hochgeschlossenem Kragen und Klemmbrett inklusive Liste, empfängt uns. Gedämpftes Licht. Palmen. Eine große Glaskuppel. Der Vogel ist schwarz und hat einen riesengroßen gelben Schnabel. Ich glaube, es ist ein Tukan.

In der Bar ist das Licht noch gedämpfter, die Beleuchtung liefert die Skyline von Tokio, die aussieht wie ein einziges mächtig-buntes, eingefrorenes Feuerwerk. Die Hochhäuser werfen ihr Licht weit in den Himmel. Der Kometenschweif ist immer noch eindrucksvoll sichtbar. Leuchtende Staubpartikel aus dem Rand unseres Sonnensystems, auch jetzt noch faszinieren sie mich. Beim Start meiner Reise vor sieben Monaten, war er plötzlich da. Seitdem begleitet er mich um die Welt. Vielleicht hat das etwas zu bedeuten. Wahrscheinlich aber nicht. Wir sind im 41. Stockwerk. Es ist der 21. Dezember. Heute vor 28 Jahren wurde ich geboren. Aber das weiß hier keiner.

Jamie sieht nicht aus wie ein Banker. Er wirkt noch nicht einmal wie ein Bankangestellter, auch nicht wie einer, der nicht am Schalter, sondern im Hintergrund arbeitet. Er hat einfach nicht das Gesicht dazu. Das sieht nämlich eher nach nächtelangem Trinken aus. Es ist ein Gesicht, das ganz deutlich JA zum Kiffen und JAAA! zum Alkohol sagt. Dünn sieht Jamie aus, mit schütterem Bartwuchs und Augen, die dich abschätzen – listigen Augen.

Nein Jamie, von dir würde ich mir ganz sicher kein Sparkonto andrehen lassen.

Also, was machst du wirklich? Ich werde es nicht erfahren. Unsere selbst erschaffenen Backpacker-Alter Egos, die wir uns gegenseitig nicht abnehmen, sitzen wie maßgeschneiderte Anzüge.

Wir haben einen Tisch direkt am Fenster. Die Bar wird absichtlich dunkel gehalten, damit man die Skyline und die Millionen Lichter besser sehen kann.

„Millionen Lichter", sage ich vor mich hin.

„Milliarden", sagt Jamie.

„Ich weiß nicht, Jamie. Das klingt so viel."

Er beugt sich ein Stück weiter zu mir vor und flüstert mit vertraulicher Stimme, sehr besserwisserisch: „Milliarden, glaub mir." Und er sagt das so, als habe er es selbst überprüft.

Ich bestelle einen Gin Tonic und Jamie einen Whiskey Sour. Suntory Whisky, nur den will er haben. Wie im Film *Lost in Translation*. Wie ein Tourist.

Du machst einen Fehler nach dem nächsten, Jamie. Bis die Getränke da sind, schauen wir aus dem Fenster. Ich zünde mir eine Zigarette an und halte Jamie die Schachtel hin. Ich habe nur noch zwei Kippen übrig. Er nickt und nimmt sich beide. Eine zündet er sich an, die andere steckt er sich hinter das Ohr. Du bist kein Banker, Jamie, du bist ein Arschloch.

Der Gin Tonic kommt, ich trinke ihn, als ob es Wasser wäre und lehne mich zurück. Tokio liegt mir zu Füßen.

Die Shins singen: *„Goldteeth and a curse for this town, were all in my mouth…".* Jamie schaut auf die Uhr. Das Mädchen lässt auf sich warten. Ich weiß auch gar nicht, wie er zu ihr steht, und wo sie sich kennengelernt haben. Irgendwie will ich es auch gar nicht wissen. Es interessiert mich nicht wirklich. Ich fahre mir durch die Haare, die inzwischen etwas schmierig sind, weil ich so lange nicht geduscht habe.

Ich denke an den Film Godzilla, den ich mir am Nachmittag angesehen habe. Godzilla, der König der Monster. Am Eingang des Kinos gab es zur Eintrittskarte einen Godzilla-Schlüsselanhänger gratis. Als Promotion. Ich suche danach in meiner Tasche und ertaste die dinosaurierartige Figur. Langsam hole ich sie hervor und stelle sie an die Tischkante, so dass sie über Tokio schaut. Jamie legt seine Kamera auf den Tisch und macht über den Rücken von Godzilla ein Bild. Die Kellnerin lacht, als sie mir noch einen Gin Tonic vor die Nase stellt. Ich nehme die Figur weg und sage kurz:

„The dinosaur wants to see the city", und lächele.

Jamie blickt ernst von seiner Kamera auf.

„Hast du gerade was von Dinosaurier gesagt?"

Dabei klingt er, als wurde er für den Tierschutzbund arbeiten.

„Ja, und?"

„Godzilla ist doch beim besten Willen kein Dinosaurier! Mann, Godzilla ist `ne Mischung aus Gorilla und Wal. *Gorira* heißt Gorilla und *Kujira* heißt Wal. Atomexplosion drauf, zack, wird es zu Godzilla!"

„Aha."

Den Teil muss ich im Kino irgendwie verschlafen haben. Ich stecke den Anhänger weg. Ich habe nicht das geringste Sprachgefühl für Japanisch.

Nach dem zweiten Gin Tonic werde ich sehr müde. Ein ganzer Tokio-Tag zu Fuß liegt hinter mir. Ich habe mit Roboterhunden im Sony Center gespielt, die Mauern des Kaiserpalastes umrundet, mich unendlich in den U-Bahnen verlaufen und bin weit gewandert, um das *Taito*

Ryukan zu finden. Mein Platz für die Nacht. Jamie saß in dem Schlafraum in einer Ecke, als ich die dünne Papierwand zur Seite schob und eintrat. Er: meditierend. In sich ruhend.

Wir stellten uns vor, Backpacker-Begrüßung. Bevor das ,*Here and now*' zählt, muss das ,*Was and will*' geklärt werden. Immer. Von wo kommst du? Wo gehst du dann hin? Smalltalk. Fachsimpeln über Visa. Bogota ist zu heiß im Dezember. Ja, kenne ich. Aber kein Vergleich zu Caracas.

Also, ich bin Jamie.

Hendrik. Hallo.

Maulhelden sind wir. Nichts als Maulhelden, Baby. In dem schmalen Raum gibt es nur eine dünne Bastmatte auf dem Boden, die Wände sind hauchdünn und wirken zerbrechlich. Eine Herberge für eine Nacht. Zuflucht für die rastlosen Backpacker-Seelen. Die *wir* sind. Wonach sucht man, wenn man monatelang um die Welt fliegt? Wonach suche ich?

„Das Gegenteil von Suche ist Flucht", hat Jamie an diesem Abend festgestellt.

Plötzlich steht sie vor uns am Tisch, Jamies Verabredung. Klein und zierlich.

Miyagi.

Sie hat sich die Lippen ganz sanft rosa geschminkt, ihr Gesicht ist von makelloser Blässe. Ich senke den Blick.

Nehme das leere Glas mit dem Eis und sauge verlegen die sanften verwässerten Spuren von Gin in mich auf. Warum hat er mich bloß gefragt, ob ich mitkommen will?

Miyaga ist die menschliche Verwandlung eines scheuen Rehs. Instinktiv will ich mich nicht zu schnell bewegen, aus Angst, sie zu verscheuchen. *Mi-ya-gi* stellt sie sich vor. So betont klingt ihr Name gleich ganz anders.

„*O yasuminasai*", sage ich und hoffe, dass es wirklich „Guten Abend" heißt.

Sie setzt sich zu Jamie, aber gibt vorher mir die Hand. Als ich dafür kurz aufstehe und mich leicht vor ihr verneige, bricht sie in Lachen aus. Jamie verdreht kurz genervt die Augen und zieht sie zu sich, hält sie fest. Ich bin ein Zuschauer.
Sake trinkt man in den Karaoke Bars warm aus einem großen Wasserglas, schon am Eingang, auf ex. So dass in der Bar auch garantiert jeder sofort singen will. Miyagi und Jamie stehen vor mir. Die Nacht scheint kein Ende zu nehmen. Ich habe jegliches Gefühl für die Zeit verloren und treibe einfach hinter den beiden her. Miyagi kichert viel, sie klammert sich an Jamie.

Warm und dann heiß ätzt sich das Glas mit flüssiger, destillierter Karaoke-Stimmung seinen Weg in meinen Bauch. Ich stehe auf Schiffsplanken, alles wiegt sich im asynchronen Rhythmus der Dünung.

Sinatra-Songs sind besonders beliebt. *Come fly with me, let's fly away...* Ich schreie mir die Lungen leer. Mein

Kopf ist heiß, und mein Gesicht glüht rot. Geschäftsleute mit gelockerten Krawatten applaudieren.

Miyagi sitzt betrunken auf Jamies Schoß und wirft mir einen bewundernden Blick zu. Ein paar Zehntel Sekunden zu lang. Ich habe das Gefühl, unsere Blicke enttarnen irgendwas.
Jamie, mit Kippe im Mundwinkel, fummelt an ihrem Rücken rum. Schon wieder die Shins: *„Turn me back into the pet, I was when we met…"*

Ich stehe in einer Toilettenkabine. Es ist dunkel, und ich weiß nicht, warum ich auf einmal so sicher bin, aber hinter mir steht Miyagi. Ich kann nicht nur ihren Atem, sondern auch ihr Lächeln ganz nah vor meinem Gesicht spüren. Sie muss mir gefolgt sein, und ich hatte nicht abgeschlossen. Ich habe eine Flasche Sake in der Hand.

Ich sage *„Cheers"* und, etwas verlegen, auf Deutsch: „Auf den Abend!"

Sie nimmt die Flasche aus meiner Hand und sagt plötzlich in gebrochenem Englisch:

„Man soll immer auf etwas Vergangenes anstoßen, nicht auf etwas Zukünftiges."

Dann nimmt sie einen sehr großen Schluck. Ich kann es hören. Ihr Gesicht ist wieder ganz nah, ihre Lippen schweben vor meinen. Aber irgendjemand hat die Magnetseiten verdreht. Da ist keine Anziehung, da sind nur geschätzte zwei Zentimeter zwischen uns. Und die kann keiner überwinden.

Scheiß Physik.

Lichtblitze, sie ist herausgerannt, minutenlang stehe ich einfach nur da. Als ich in das grelle Licht der Lobby hinaustrete, stehen Miyagi und Jamie vor mir. Ich registriere: *Streit.* Er zählt ihr schließlich zehn 50-Yen-Scheine in die Hand, und Miyagi geht, ohne sich umzudrehen.

Jamies Blick ist müde.

„Can't buy me love", brüllt Jamie betrunken, als er mich sieht, dann singt er den alten Beatles-Song mit seiner rauen, krächzenden Stimme. Einige Passanten bleiben stehen und klatschen, da verbeugt er sich tief vor ihnen.

Wir haben von den ganzen Drinks einen riesigen Hunger bekommen. Fett-Hunger. An einem Automaten mit vielen kleinen beleuchteten Schubladen ziehen wir uns zwei schmierig-glänzende Snacks. Jamie hat einen frittierten Algen-Wrap mit getrockneten Fischspänen erwischt. Mein Snack sieht aus wie ein Brustimplantat, ein Germknödel mit Hühnchenfüllung. Schweigend, kauend, sind wir nicht mehr als zwei torkelnde Tänzer auf einer wackeligen Bühne, die Tokio für uns beide nur heute, für eine Nacht vorbereitet hat.

In unseren Schlafsäcken liegen wir im Taito-Ryukan, einem winzigen Haus inmitten dieses gigantischen Ameisenhaufens von einer Stadt. Inzwischen ist es vier Uhr morgens. Die Luft kommt kalt hereingeweht und vertreibt den Schlafgestank der anderen Backpacker. Jamie dreht sich zu mir und sagt:

„Ich verkaufe Schuhe. Ich verkaufe Schuhe in Manchester. Meine Frau ist schwanger."

Noch bevor ich dem Impuls, ihm zu gratulieren, nachgeben kann, fügt er hinzu:

„Von meinem Trauzeugen."

„I was lying to you. Sorry, Mate."

Wir schauen uns kurz schweigend gegenseitig an.

„But after all, you were not born to pay bills and die, what you think?", flüstert Jamie.

Dann dreht er sich um, ohne eine Antwort abzuwarten, rülpst und schläft ein.

Ich habe schon viele Lügen von anderen Menschen gehört. Lügen aus Höflichkeit, aus Angst, aus Furcht, Unsicherheit und Not, Lügen aus Spaß und auch einige Lügen aus Scham. So wie bei Jamie.

In Südafrika hat mir mal ein Typ in einem Hostel erklärt, dass die Afrikaner zwei Sorten von Hunger unterscheiden: den kleinen Hunger auf Essen und Trinken und den großen Hunger auf Perspektiven und Sinn im Leben. Jamie, ich, und alle in diesem Raum, da bin ich mir sicher, tragen den ganz großen Hunger in sich.

Nach drei Stunden Schlaf scheint die Sonne in den Gruppenschlafraum. Jamie ist bereits verschwunden.

Ich streife am Vormittag durch die Filiale von Tower Records in Shibuya, als ich spüre, dass ich beobachtet werde. Es ist weniger die Tatsache, dass das ein verdammt großer Zufall sein muss, Miyagi in dieser Millionenstadt ein zweites Mal zu treffen, die mich überrascht, als der Anblick ihres Gesichts, das nach dem gestrigen Abend ohne das helle Make-up noch viel schöner aussieht. Geradezu umwerfend. Sie grinst.

Dann streckt sie mir die Hand entgegen und stellt sich vor, als ob wir uns noch nie gesehen hätten.

„Ich heiße Miyagi, ich arbeite hier bei Tower Records."

„Angenehm", sage ich lächelnd, dann frage ich: „What about some green tea?"

„Isn't that touristic", antwortet sie.

„As touristic as it may probably get."

Miyagi lacht und bedeutet mir mit einer Handbewegung, ihr zu folgen.

Wir sitzen vor einem Kiosk und trinken kalten Jasmintee. Die Sonne scheint mir ins Gesicht, und ab und zu muss ich die Augen zusammenkneifen, damit das grelle Licht mich nicht blendet. Bei jedem Blinzeln befürchte ich, wenn ich die Augen wieder öffne, könnte sie so schnell wieder verschwunden sein, wie sie erschienen ist, und habe den Eindruck, dass ihre Haut im Gesicht glitzert.

Miyagi kneift die Augen auch zusammen, dreht sich mir zu und nähert sich meinem Gesicht so nah, dass ich den Kirschgeruch ihres Chapsticks auf den Lippen riechen kann. Aber das widersprüchliche Gefühl von Anziehung und Abstoßung von letzter Nacht bleibt.

„Willst du was wirklich Interessantes erleben?"

Ich zucke mit den Schultern.

„Ich meine etwas Neues, etwas ganz Anderes", fügt Miyagi verführerisch hinzu. Ihr Blick gleicht dem einer Schlange.

„Ja. Warum nicht?", sage ich leise und lächele.

Wir stehen am Bahnhof und Miyagi erklärt mir, dass ich zwei Zugtickets zum Fuji, dem heiligen Berg, besorgen soll. Weil wir auf Englisch zwar ganz gut plaudern können, aber sich bei Detailfragen doch eine gewisse Sprachbarriere aufbaut, dauert es eine Weile, bis ich begreife, dass ich wohl Miyagi heute für den Ausflug bezahlen soll. Zumindest nimmt sie die Yen-Scheine und steckt sich den ganzen Rest kommentarlos in ihre Bauchgürtel-Tasche.

Im voll klimatisierten Zug, der von innen aussieht wie eine sehr futuristische Flugzeugkabine, trinken wir noch mehr grünen Tee. Ich muss auf der einstündigen Fahrt ständig auf die Toilette, und jedes Mal wenn ich zurückkomme, rechne ich irgendwie damit, dass Miyagi fort ist. Wie ein schüchternes Tier, das unter Menschen nur halb zahm geworden ist und bei zu hektischen Bewegungen schnell das Weite suchen könnte. Aus Verlegenheit erzähle ich viel von mir und versuche, Miyagi ein paar private Details zu entlocken, aber da bleibt sie stur. Mit der Schule scheint sie fertig zu sein. Über Musik haben wir uns dafür umso mehr zu erzählen. Auf meinem iPod läuft Kalkbrenners „Sky and Sand". Wir teilen uns meine Kopfhörer, wir lauschen Gesicht an Gesicht, und Miyagis Haare riechen nach Pfirsich.

Am Bahnhof ruft sie ein Taxi und hält die Hand auf. Ich soll wieder bezahlen. Ich stelle mir vor, dass sie mir den Fujijama zeigen will, und weil dieser schneebedeckte ikonische Berg ein Touristentraum ist, gebe ich ihr ein paar von meinen wenigen restlichen Scheinen. Miyagi spricht mit dem Fahrer und scheint einen Fahrpreis auszuhandeln zu wollen. Ich höre ständig den Namen Aokigahara, der Fujisan wird gar nicht erwähnt. Ich schaue Miyagi fragend an. Aber sie legt entschlossen ihren langen Zeigefinger auf meine Lippen. Überraschungen und Abenteuer finde ich zwar immer ganz gut, dafür habe ich schließlich meinen Fernseher, mein Fahrrad und Hausrat verkauft, um mir das Round-The-World-Flugticket kaufen zu können. Trotzdem will ich jetzt wissen, wo es hingeht. Miyagi schaut aus dem Fenster und ich blättere im Reiseführer. So nach außen könnten wir glatt ein altes Ehepaar auf Reisen abgeben. Als ich das zu ihr sage, lacht sie laut und legt den Arm um meine Schultern. Dann zeigt sie auf den Bucheintrag zu Aokigahara, der auch „Fuji-Baummeer" genannt wird, und ein weitläufiger und ziemlich dichter Wald am Fuße des Fuji sein soll. Fledermaushöhlen, einige Flüsse, viele seltene Tier- und Pflanzenarten.

Das Wetter ist leider etwas trüber geworden, aber für eine Wanderung sollte es reichen.

Dann hält der Fahrer an einem Rastplatz mit einem Nationalpark-Schild.

„Hiking. Cool", sage ich.

„Welcome to Suicide-Forest", sagt der Fahrer spöttisch, und kaum denke ich, ich hätte mich verhört, reiße ich schon beide Daumen hoch und winke ihm auch noch enthusiastisch hinterher.

„Suicide?", klingt es in meinem Kopf nach. Miyagi hat ihre Jacke bis zum Kragen geschlossen und ist schon vorgegangen. Als ich sie eingeholt habe, hat der Waldpfad schon begonnen. An den Bäumen flattern bunte Plastikbänder.

Als ich die Seite im Führer wiedergefunden habe, bleibt Miyagi stehen und sagt:

„Du wolltest doch was richtig Interessantes machen, oder?"

Unter dem Aokigahara-Abschnitt im Reiseführer findet sich ein grauer Infokasten, und ich traue meinen Augen kaum, als ich da lese: Der Aokigahara ist durch eine erschreckend hohe Anzahl von Leichenfunden bekannt geworden. Die Toten in diesem Wald sind fast ausnahmslos Selbstmörder. Der tiefe und dichte, wegen schwerem

Unterholz zum Teil schwer begehbare Wald bietet zahlreiche Verstecke, die von Suizidanten aufgesucht werden.

Nach einer Auflistung der saisonal schwankenden, aber stets erschütternd hohen Suizid-Zahlen stehen noch ein paar Zeilen über das Verhältnis von Japanern zum Selbstmord, der besonders bei Männern seit Jahrhunderten unter bestimmten Umständen als besonders ehrenhaft angesehen wird und aus westlicher Sicht die Beliebtheit des Selbstmordwalds erklären soll.

Miyagi merkt an meinem Blick, dass ich gerade vom Reiseführer in ihren morbiden Plan für einen Nachmittagsausflug eingeweiht wurde. Erst in diesem Moment wird mir klar, dass sie offensichtlich mit „etwas sehr Interessantes" einen Spaziergang in diesem Wald meint, mit dem besonderen Kitzel möglicher Leichenfunde. Aber bevor ich anmerken kann, dass ich jetzt wirklich gerne *sofort* umkehren möchte, greift Miyagi meine Hand und zerrt mich vorwärts, über holprige Wege, zwischen hohe Bäume tiefer in den Suicide_Forest hinein. Und da ist wieder diese Mischung aus Anziehung und Abstoßung, und ich laufe ihr hinterher, während sich ein kleinerer Teil von mir dagegen sträubt.

„Hast du Angst?", fragt sie. Ich nicke.

„Dann ist es gut", sagt sie ernst.

Mein mulmiges Gefühl wächst jedoch bald schon zu einer Scheiß-Riesenangst, und ich denke, mein bescheuertes, nutzloses, sinnfreies One-Night-Stand-Bungy-

Jump-Biersorten-der-Welt-Tester-Backpacker-Leben der letzten Monate war doch schon aufregend genug, und strebt hier womöglich gerade seinem ganz und gar armseligen Höhepunkt entgegen.

Plötzlich bleibt Miyagi stehen und flüstert: „There."

Wir sind gerade mal wenige Minuten in den Wald gelaufen, da hängt, etwa zehn Meter vor uns, ein Mensch an einem Seil, nur ganz knapp über dem Boden. Mein Herz schlägt laut in meinem Kopf und hämmert mir Bilder ins Bewusstsein. Bilder von Menschen aus meinem Leben, die ich lange schon vergessen hatte. Freunde, die ich einfach nicht mehr angerufen habe. Meine Schwester. Hat die eigentlich ihr zweites Kind schon bekommen? Und was ist bloß aus diesem Mädchen aus der Nachbarschaft geworden – wie hieß sie noch, Sabine? –, die immer behauptet hatte, sie könnte Farben fühlen und Formen schmecken?

Der letzte Fetzen in meinem Kopf, die letzte Angst, bevor ich mich umdrehen muss und dabei hoffe, dieses Bild (und manch anderes), am besten einfach alles auf einmal, aus mir raus kotzen zu können, ist Jamie. Hoffentlich ist das nicht Jamie, denke ich.

Während ich würge und spucke, bis es im Mund nur noch bitter schmeckt, und Miyagi die Leiche nur stumm anstarrt, knackt es im Unterholz. Es raschelt lauter, und zwei französisch sprechende Typen erscheinen. Der eine ist dick, der andere ist relativ groß, wirkt etwas angetrunken und hört auf den Namen Yves. Als sie die Leiche sehen, stoßen sie glucksende Laute mit einer Mischung aus

Ekel und Triumph aus. Der Große fängt an, mit seinem Handy Fotos von der Leiche zu machen. Miyagi beobachtet den sich sachte im Wind wiegenden Körper immer noch, ohne eine Regung in ihrem Gesicht. Ich wage einen letzten Blick. Natürlich ist es nicht Jamie, irgendjemand anderes. Er trägt ein schwarzes Band T-Shirt mit der Aufschrift „Battle Cat", sein nassgeregneter Rucksack liegt unter ihm.

Die Franzosen beachten uns kaum, als ich Miyagi wegziehe. Sie lässt es geschehen, und es fühlt sich an, als hätte jemand in diesem Wald ab diesem Moment an einem Regler gleichzeitig die Farbe, die Temperatur und das Licht herunter gedreht. Im trüben Nieselregen ist Miyagis Eifer vom Hinweg verflogen, und wir orientieren uns an den Plastikbändern der Bäume, die, wie ich später erfahre, von den Suizidanten selbst oft an die Stämme geknotet werden, damit sie, falls sie es sich doch noch anders überlegen, wieder einer Weg aus dem dichten Wald finden können.

Wir melden den Park-Rangern, was wir gesehen haben. Ich bin unendlich müde.

Abends sitzen wir bei Miyagis Familie, die ihr kleines Wohnzimmer für ein paar Yen für ein Homestay-Erlebnis an junge Backpacker zum Übernachten vermietet. Miyagi hat seit dem Wald nicht mehr viele Worte verloren. Sie hat mich einfach mitgenommen, ich habe mal wieder ein paar Scheine abgedrückt, und jetzt sitzen wir zu sechst hier. Mit Pierre aus Belgien, der jedem, der es hören will oder nicht, erzählt, dass er mit der Eisenbahn und der Fähre nach Japan gekommen ist, ganz ohne ein Flugzeug, Janna aus Schweden, Erika aus Washington, und Miyagi auf dem Boden. Miyagis Mutter, deren Alter unglaublich schwer zu schätzen ist, schenkt mit einer erdrückenden, aber auch professionellen Herzlichkeit warmen Sake aus. Wieder sucht Miyagi meinen Blick, lächelt ihr Reh-Lächeln, und ihre Haut glitzert im Licht der aufgestellten Kerzen.

Schon auf der Rückfahrt im Zug habe ich beschlossen, nach sieben Monaten Reise noch in dieser Woche zurück nach Frankfurt zu fliegen. Es reicht endgültig. Lange genug war ich in der Welt unterwegs, aber besonders heute habe ich gemerkt, dass die ganzen Orte eigentlich nie mit den Bildern in meinem Kopf übereingestimmt haben.

Dann fällt der Strom in Tokio plötzlich aus. In der Dunkelheit greift Miyagi meine Hand. Sie passt auf einmal bestens in meine, wie zwei Puzzleteile, der Widerstand ist weg. Seltsam.

Vielleicht fliege ich doch erst nächsten Monat.

> *„On an island in the sun*
> *We'll be playing and having fun*
> *And it makes me feel so fine*
> *I can't control my brain"*

Wheezer, Island in the sun

4. Sommersturm

„Sie können sich jetzt anziehen."

Dr. Winkowski lächelt.

Während Martin noch entkleidet vor ihm steht und in das sonnengebräunte Gesicht seines Hautarztes schaut, kommt ihm plötzlich das Bild eines Waschbären vor Augen. Vermutlich weil Dr. Winkowski sehr dunkelhäutig, um die Augen herum jedoch, durch das Tragen einer Sonnenbrille, eher hell geblieben ist.

Dr. Winkowski nickt ihm zu. Diesmal hat diese Kopfbewegung jedoch eine bestimmte, eine nachdrücklichere Bedeutung. Der Hautarzt will, dass Martin jetzt schnell den Raum verlässt, damit dieser möglichst zügig den nächsten Patienten empfangen kann.

Martin streift den Pullover rasch über den Kopf, seine Haare stellen sich im Nacken durch elektrostatische Aufladung etwas auf. Dr. Winkowski hackt hastig Abrechnungsziffern in die Tastatur des Computers. Es ist bereits spät geworden, aber das Wartezimmer immer noch voll. Der Arzt wird nicht pünktlich zum Abendessen bei seiner Familie sein.

Martin steht immer noch einfach nur da. Schweigend hat er zwar seinen Pullover angezogen, das Hemd dabei aber völlig vergessen. Aber vor allem, was noch erniedrigender ist, er hat sowohl Hose als auch Unterhose noch in der Hand. In seinem Kopf dreht sich alles bei dem Gedanken daran, dass sicherlich jeder nach einer Untersuchung und vollständiger Entkleidung als erstes zur Unterhose greifen würde, um sich schnellstmöglich wieder zu bedecken.

Die Gedankenfunken in seinem Kopf, die aufsteigende Hitze legen sich, und es brennt sich schmerzhaft ein Bild in seinen Kopf. Die Realität zeigt sich plötzlich unbarmherzig, die er nun gedankenverloren durch die Scheibe des seitlich aufgestellten Apothekerschranks wahrnimmt Das Spiegelbild eines dickbäuchigen kleinen Mannes mit hängendem, faltigem Penis und haarigem Hodensack in einem zu knappen Baumwollpullover.

Hanna steht in der Küche und wäscht das Geschirr des Tages ab. Die Weingläser vom Vorabend stehen mit Spülmittel und Wasser gefüllt neben dem Spülbecken, während sich die im warmen Spülwasser auflösenden Rotweinreste verwirbeln und alles rosa färben.

Hannas Hände sind aufgequollen und schrumpelig, aber obwohl es eine Spülmaschine gibt – Martin hatte beim Einrichten der Küche darauf bestanden –, verzichtet Hanna lieber darauf und spült von Hand. Martin erklärt sie, der „muffige Geruch" der Spülmaschine sei unerträglich. Am späten Nachmittag, als sie die von Martin in die Spülmaschine eingeräumten Frühstücksteller wieder ausräumt, hatte es darüber wieder einmal eine Diskussion gegeben. Martin war in Eile und unruhig wegen seines abendlichen Hautarzt-Termins.

Hanna wischt sich mit dem Handrücken über die Stirn und atmet zufrieden durch. Das Geschirr trocknet glänzend, in der Luft frischer, zitroniger Spülmittelgeruch.

Es ist der zwölfte August. Ein Tag, der für Hanna und zwei weitere Menschen bedeutsam ist. Ihre Mutter hat Geburtstag, und dann sind sich Martin und Hanna an diesem Tag auch zum ersten Mal begegnet.

Hanna setzt sich auf die Couch, nimmt kurz ein Kreuzworträtsel in die Hand, legt es aber rasch wieder beiseite. Martin kann sich keine sinnlosere Tätigkeit vorstellen. Ganz besonders dann, wenn es noch nicht einmal etwas zu gewinnen gibt. Mit ihrer Mutter hat Hanna bereits am frühen Morgen telefoniert, kurz nachdem Martin die Wohnung verlassen hatte. Das Gespräch war wie immer kurz ausgefallen. Auf die Glückwünsche folgte das übliche kurze Fragen-Antwort-Stakkato: „Hast du die Makrobiotik-Diät ausprobiert, die Algen?" Schon vor zwei Wochen hatte sie Hanna mit Nachdruck geraten, ihre Ernährung zu überdenken. „Du solltest Martin gleich heute damit anfangen lassen. Es würde euch so viel besser gehen."

Hanna beendete das Gespräch rasch.

Sie geht in das Badezimmer und wirft einen prüfenden Blick in den Spiegel, während sie sich auszieht. An den

Schläfen und über der Stirn kann sie vereinzelte graue Haare ausmachen. Hanna duscht ausgiebig.

Nachdem sie sich eine helle Leinenhose und ein bequemes Oberteil mit Blumenmuster angezogen hat, setzt sich Hanna im Schneidersitz auf ein Kissen vor der alten Kommode im Wohnzimmer und öffnet alle Schubladen. Der Schuhkarton, den sie sucht, findet sie schließlich in der obersten Schublade. Übermütig schüttelt sie den Karton auf und ab, wodurch der Deckel abrutscht, und zahlreiche Fotos, Zettel und Erinnerungsstücke auf die Erde fallen. Durch die angelehnte Balkontür kommt ein Luftstoß. Abgelöste Weinetiketten, Quittungen, Tickets wirbeln durcheinander. Die Luft fühlt sich schwül an.

Die Nachrichten haben für den Abend Gewitter angekündigt. Im Radio wurde von den seltenen Polarlicht-Phänomenen über Rom und ganz Frankreich, auch Süddeutschland berichtet. Sonneneruptionen, die das Magnetfeld der Erde stören, so wurde berichtet, seien die Ursache. Nichts Ungewöhnliches, jedoch heftiger seit Beginn der Messungen am Magnetfeld seit den 1960er Jahren.

Vor Hannas Füße weht ein Festival-Ticket: das Primavera-Sound-Festival 1995 in Porto. Vor 18 Jahren hatten sich Hanna und Martin dort im Parque da Cidade getroffen. Hügeliges Parkgelände, Geruch von Eukalyptusbäumen und salzige Atlantikluft waren die Kulisse ihrer Begegnung.

Hanna hebt ein geknicktes Foto vom Boden auf und streicht es glatt. Behutsam, geradezu zärtlich betrachtet sie es. Martin mit spärlichem Dreitagebart und verbranntem Nasenrücken. Hanna mit salzwasser- und sonnenblondierten Haaren, Rucksäcke, Hand in Hand, die Finger fest verschlungen, ein Gefühl grenzenloser Freiheit im Herzen tragend. Sie lässt sich rückwärts auf den Dielenfußboden sinken, schließt die Augen und drückt das Foto auf ihre Brust. Parque da Cidade. Der Atlantik schob Ehrfurcht einflößende Wolkenmassen über die Hauptbühne. Rachel Goswell von Slowdrive hauchte ihre bezaubernde Stimme ins Mikrofon, Effektgeräte setzten ein, Loops, Hall, Gitarrenriffs oszillierten in fremdartigen neuen Tönen auf die Menschen zu. Irgendwo auf dem Dielenfußboden liegt ein verschmierter unscheinbarer Zettel, die Original Setlist: Allison, Maschine Gun, Alkalyn, Zugabe: When the sun hits.

Das Zelt auf dem Campingplatz war heiß und stickig, es roch nach verschüttetem und vom trockenen Erdboden aufgesaugten Rotwein und in der Sonne trocknenden Raviolidosen. Hanna und Martin schwitzten so stark wie noch nie in ihrem Leben, als sie salzig und nass übereinander lagen. Sie waren beide überzeugt, als sie miteinander schliefen, dieser perfekte Moment würde sich auf diese Weise sicher nie wieder in ihrem Leben wiederholen.

Hanna wusste schon recht früh auf ihrer weiteren Reise durch Portugal, dass sie schwanger war. Martin haderte nicht eine Minute, als es schließlich nach einigen Monaten zur Gewissheit wurde, dass sie einen Jungen bekommen würden. Er wuchs über sich hinaus mit der neuen Aufgabe, besuchte Kurse für werdende Väter, las Bücher, richtete eine gemeinsame Wohnung ein. Nie hinterfragte er, warum Hanna bereits wenige Tage nach dem Festival sagen konnte, dass sie schwanger war. Martin hielt es für Schicksal. Hanna beendete ihr Studium noch rechtzeitig vor der Geburt. Martin bestand auf einen Namen, der Hanna möglichst ähnlich sein sollte, und so wurde der kleine Junge eigentümlicher Weise Hanno genannt.

Hanno war ein besonderes Kind. Während andere Kinder im Kindergarten Kinderzeug bastelten, fangen spielten und auch mal herumschrien, suchte Hanno sich meistens eine ruhige Ecke und beobachtete sehr still die anderen. Er sprach nicht viel und meist nur das, was er selbst für wichtig erachtete, analysierte bereits mit drei Jahren sehr genau die Menschen, die ihm begegneten, und teilte in seinem Kopf die Erwachsenen in zwei Gruppen ein: Die erste Gruppe, die ihn wie ein Kleinkind behandelte und er meist links liegen ließ, und die zweite Gruppe derer, die es verstanden, seinen Wissensdurst zu stillen. Seine Eltern ordnete Hanno der ersten Gruppe zu.

Mit vier Jahren wurde Hanno auf Anraten des Kindergartens dem Kinderarzt vorgestellt und gebeten, einen Buntstift am unteren Drittel zu greifen, um einen Kreis zu zeichnen. Nachdem Hanno drei Mal die Aufgabe verweigert hatte, schnaubte er schließlich wütend, nahm den

Stift und schrieb zur Verblüffung aller in deutlichen Druckbuchstaben die Namen aller 14 Straßenschilder auf, die er auf dem Weg zur Arztpraxis gelesen hatte. Im Grundschulalter fanden seine Eltern immer wieder dunkle, detailgetreue, anatomische Bleistiftzeichnungen von toten Tieren in seinen Schulsachen. Vertrocknete Frösche auf der Straße, gegen Fenster geflogene Vögel, platt gefahrene Kaninchen. Hanna ließ diese Zeichnungen meist rasch verschwinden. Sie sträubte sich dagegen, wie von den Lehrern angeraten, Hanno eine Klasse überspringen zu lassen. Der Junge sollte eine ganz normale Kindheit verleben.

Martin steuert zielstrebig die Straßenbahnhaltestelle an. Bereits nach wenigen Metern bilden sich Schweißränder unter seinen Armen. Das schüttere Haar klebt an seiner Stirn. Soll es heute nicht irgendwann regnen? Martin geht an einem Obsthändler vorbei, der bereits begonnen hat, die Waren in das Innere seines Ladens zu räumen. Die Klimaanlage eines Cafés tropft rostbraunes Wasser auf den Gehweg. Die Luft flimmert, und der Asphalt verdunstet Teergeruch in die Luft.

Hanna wird bald anfangen, auf ihn zu warten. Sie wollen etwas gemeinsam kochen und anschließend den Abend miteinander verbringen. Hanno will bei einem Freund übernachten.

In Dr. Winkowskis Praxis war es angenehm kühl. Hinter seinem Schreibtisch stand die Porzellanfigur eines Golfers, darunter eine Urkunde aus Florida sowie ein Bild mit einem Golf-Freund und zwei jungen Damen, von denen Martin annimmt, dass es die Töchter des Bekannten sein müssen. Die Zähne beider Frauen waren so symmetrisch und weiß, dass es wirkte, als habe jemand das Foto nachträglich mit Deckfarbe retuschiert.

Hanna sammelt die Erinnerungsstücke zusammen und legt die Setlist, die die Band ins Publikum geworfen hatte, und die ausgerechnet Martin fangen konnte, ganz oben in den Schuhkarton. Kurz denkt Hanna darüber nach, die Setlist wieder herauszunehmen und in einem hübschen Rahmen im Flur aufzuhängen. Es wäre eine schöne kleine Überraschung für Martin. So zufällig, wie er damals dieses Stück Papier mit großem Symbolwert gefangen hatte, waren sie sich in Portugal begegnet. Hanna zögert, streicht über das Papier und schaut sich um, so als ob sie sich vergewissern will, dass ihr keiner bei diesem Gedanken über die Schulter geschaut hat. Dann legt sie die Setlist rasch wieder in den Karton, verschließt das Erinnerungspaket mit dem Deckel und schüttelt unmerklich den Kopf.

Die vom Wind aufgestoßene Tür hat ein auf dem Boden stehendes Wasserglas umgekippt, das alte Bild einer roten Hütte an einem See im Grünen ist vollkommen eingeweicht. Hanna versucht, es behutsam vom Boden aufzuheben, dabei zerfällt es. Hanna ballt kurz die Faust, wodurch das Bild unwiderruflich zu einem matschigen Ball zusammengequetscht wird. Sie atmet tief. Das rote

Haus ist in ihr, tief in ihr drin. Schon vor langer Zeit hat sie es dort in sich selbst abgelegt. Der Verlust des Bildes aus dieser Kiste löst also nur einen ganz kurzen schmerzhaften Moment aus, der so schnell vergangen ist, wie es dauert, die feuchte Kugel aus Papier in den Mülleimer zu werfen. Irgendwann wird sie Hanno sagen müssen, wer sein eigentlicher Vater ist. Eine flüchtige Bekanntschaft auf einer Reise während des Studiums, nur kurze Zeit vor dem Festival in Portugal. Sie wird nur ihn einweihen und ist sich sicher, dass der verschwiegene Hanno das Geheimnis bewahren kann. Vielleicht wird sie das letztendlich sogar noch näher zueinander bringen. Das zumindest hofft Hanna sehr.

Martin schwitzt. Er hat große Probleme, seine Gedanken zusammenzuhalten. Blumen will er kaufen, Hanna eine Kleinigkeit mitbringen. Ihr eine Überraschung bereiten. Martin selbst hasst Überraschungen. Unvorhergesehenes bringt ihn schnell aus der Ruhe. So wie an seinem zweiten und einzigen Arbeitstag. Er hatte die U-Bahnfahrerprüfung gerade in Theorie und Praxis bestanden, fuhr nach den vielen begleiteten Fahrten zum zweiten Mal die Linie U 7, und es wollte sich schon fast so etwas wie Routine einstellen, als durch einen frühmorgendlichen Springer alles anders kam. Bei der Weltraumbehörde NASA gibt es die dienstliche Anordnung, bei Verlust einer Raumfähre zunächst sofort alle Türen zum Kontrollzentrum zu verschließen, bis man mit gesicherten Meldungen an die Öffentlichkeit treten kann. Bei der U-Bahn ist es, wie Martin gelernt hatte, ähnlich. Dem U-

Bahnführer ist es untersagt, bei Personenschäden auf den Gleisen das Führerhaus zu verlassen. Er hat sitzen zu bleiben, bis er abgeholt wird.

Martin griff an jenem Morgen also wie in Trance das Mikrofon und gab mit dem international bekannten Codewort „Springer" den Sachverhalt an die Zentrale weiter. Einige dicke Blutstropfen rannen die Frontscheibe herunter. Ohne viel nachzudenken, betätigte er den Scheibenwischer, als könnte er damit etwas von dem Grauen wegwischen. Der Wischer verteilte die Tropfen zu einem undurchsichtigen rosaroten Schleier, der die gesamte Frontscheibe überzog und den Blick auf die Gleise komplett verbarg.

Da es Martin nach diesem Ereignis trotz einfühlsamer psychologischer Begleitung nicht mehr gelang, in diesem oder irgendeinem anderen Beruf Fuß zu fassen, konzentrierte er sich seitdem auf andere Dinge. Martin hatte viele Interessen, und da Hanna den gemeinsamen Unterhalt gut verdienen konnte, nutzte er die Berufsunfähigkeit, die ihm als Folge der posttraumatischen Belastungsstörung attestiert wurde, um sich weiterzubilden. Mit großem Eifer besuchte er das Abendgymnasium und holte sein Abitur nach. Er schrieb sich mal für Germanistik und Psychologie, mal für Sinologie ein, studierte recht erfolgreich und entwickelte eine bemerkenswerte Vorliebe für Prüfungen. Er lernte sehr gerne auswendig, liebte es, sich vorzubereiten, von Hanna abfragen zu lassen und schließlich perfekt vorbereitet, seine Prüfungen abzulegen. Er genoss den gewissen Kitzel, das Lampenfieber, das eine Prüfung mit sich brachte, und das wunderbar erhabene Gefühl, wenn es vorbei war. Bei ihm stets verbunden mit der Gewissheit, es nur zum Spaß getan zu haben, denn Martin wollte weder Germanist werden noch Archäologe. Auch englische Literatur des 18. Jahrhunderts interessiert ihn in Wahrheit wenig. Er verfasste mit Feuereifer Master- und Bachelorarbeiten, Hanna sah, wie er sich so scheinbar selbst therapierte, zahlte jede Prüfungsgebühr und ließ ihn gewähren.

Martins Prüfungssucht nahm eine neue Dimension an und stellte die Beziehung zu Hanna auf eine weitere Probe, als er begann, zusätzlich zu seinen Studien „Scheine" zu sammeln. Es fing zunächst recht einfach mit dem Angelschein an, es folgte der Tauchschein, der Sportbootführerschein. Ein Jahr lang war Martin jeden Montagabend beim Jagdverein Hubertus, und kam schließlich, ganz in Grün gekleidet, mit dem Jagdschein nach Hause (eine seiner Lieblingsprüfungen). Nachdem er Inhaber sämtlicher Scheine war (zuletzt hatte er per Fernkurs den Schein für die Immobilienmaklerprüfung bestanden), fing Martin an, Volkshochschulkurse zu besuchen. Leider waren die Kurse zu leicht, und meist fehlte ihm die Prüfung zum Abschluss, so dass er etwa in einem Grillkurs den Leiter so lange bedrängte, bis dieser ihm alleine und gegen Aufpreis eine Grillprüfung abnahm.

Neuerdings sitzt er abends mit Hanna vor dem Fernseher und analysiert die Fragen bei „Wer wird Millionär", aber um sich bei der Show zu bewerben, wie Hanna ihn mehrfach zu ermutigen versucht hat, dafür fehlt ihm der Mut.

Martin stützt sich an einer Mauer ab, die schwüle Hitze der aufkommenden Nacht ist inzwischen unerträglich geworden. Es ist fast schon 21.45 Uhr. Er schaut an sich herab. Über die vergangenen zehn Jahre hat er sich während seiner Studenten- und Scheinsammlerzeit etwas körperlich gehen lassen. Er trägt jeden Tag die gleichen Klamotten, rasiert sich nur sporadisch. Der Schweiß brennt ihm in den Augen, das Abwischen mit den Fingern macht es nur schlimmer, und zum ersten Mal fragt sich Martin, was Hanna an ihm überhaupt noch attraktiv finden kann.

Während seine Frau noch genauso hübsch aussieht wie vor 16 Jahren, kann er das von sich selbst nicht behaupten. Er steuert einen Supermarkt an, die Schiebetür öffnet sich, die eiskalte Luft der Klimaanlage schlägt ihm brutal entgegen. Sofort wird ihm schwindelig, so dass er sich neben dem Leergutautomaten anlehnt und langsam auf den Boden rutscht.

Er denkt an den letzten gemeinsamen Ausflug mit Hanna und kann erst gar nicht einordnen, wann das gewesen sein könnte. Vor drei Jahren? Seitdem haben sie also keine besonderen Events mehr gemeinsam erlebt. Wie sind sie bloß in diese verdammte Routine geraten? Diese Langeweile? Hanna und Martin, die doch eigentlich so reisefreudig sind? Die gemeinsame Sorge um das Heranwachsen des Kindes hat sie sehr zusammengehalten und abgelenkt, doch seitdem Hanno älter und immer selbstständiger geworden ist und die Gesellschaft anderer, meist älterer Freunde, der seiner Eltern vorzieht, haben sie sich doch beide wohl ziemlich auseinander gelebt.

Und genau genommen ist der Ausflug vor drei Jahren auch nur eine Geschäftsreise für Hanna gewesen. Sie entwickelt als Ingenieurin Kinderspielgeräte für Spielplätze. Martin erinnert sich, es gab damals in der Nähe von Baden Baden einen neu eingerichteten großen Spielplatz in einem Neubaugebiet abzunehmen. Martin hatte die neuen Schaukeln ausprobiert, die nicht nach vorne und nach hinten, sondern im Kreis schaukelten. Danach besuchten sie das Kasino, wo sich Martin am Eingang ein Sakko leihen musste, weil das Pflicht war. Sie tranken Martinis, im Geiste prosteten sie James Bond zu, und Hanna, die sich neben einen alten reichen Sack an den Roulette-Tisch gesetzt hatte, bekam einige Zehn-Euro-Jetons kommentarlos herüber geschoben. Zum Dank ließ sie ihn absichtlich in ihr tiefgeschnittenes Abendkleid-Dekolleté schauen. Mit stolzen 500 Euro Gewinn verschwanden sie aus dem Kasino, kauften eine Flasche Champagner für 120 Euro, die sie mit Fritten und Whopper bei Burger King leer tranken.

Schöne Erinnerungen, denkt er, aber seitdem ist Ruhe eingekehrt. Das muss sich endlich ändern.

Martin fasst diesen Entschluss in diesem Moment, an ihrem Jahrestag.

Dann beginnt er, im Supermarkt nach Blumen und einer Flasche Champagner zu suchen, und wird schnell fündig. Es ist schon spät und dunkel geworden. Martin starrt aus dem Fenster, während er an der Kasse wartet. Der Himmel glüht immer wieder grünlich über der Stadt auf. Erst denkt er an einen der Discotheken-Werbescheinwerfer, doch dann fallen ihm die Artikel über die koronalen Massenauswürfe auf der Sonne ein, die er gelesen hat. Polarlichter über Europa. Eine Attraktion, von den Medien gefeiert, von Technikexperten gefürchtet. Die Plasmaausstöße der Sonne folgen einer gewissen Periodik und sind alle 500 Jahre besonders intensiv, aber erst seit der zunehmenden Elektrisierung und Vernetzung auf der Erde führen die starken Magnetfeldschwankungen auch gelegentlich zu technischen Störungen. Ein Zusammenhang mit dem Erscheinen des Kometen wird diskutiert.

Martin ist in Gedanken versunken, die Kassiererin zieht erschöpft die Waren über den Scanner. Er wischt sich mit dem Ärmel über Mund und Nase. Auf einmal spürt er einen Geruch herüber wehen, der ihm bekannt vorkommt. Ein alter Geruch aus seiner Jugend. Die Synapsen arbeiten schnell: Das Damenparfüm „Venezia" liegt in der Luft. Er dreht sich um.

Die kleine Frau hinter ihm hat außer Parfüm und Stimme, die energisch in ein Handy spricht, nicht mehr viel gemeinsam mit Nina, seiner allerersten Freundin. Die Augenbrauen sind einem aufdringlichen Permanent-

Make-up gewichen, die Wangenknochen stechen hervor, die Haut wirkt künstlich sonnengebräunt, verraucht, vorgealtert. Nina registriert Martins starrenden Blick, schaut zu Boden, senkt die Stimme, schaut etwas genervt wieder zu ihm hoch, dann nach einem Moment, einem längeren fragenden Blick, erkennt sie ihn, lässt das Telefon sinken.

„Martin?"

Sie haucht ein kurzes „Ich ruf' dich gleich wieder an" in ihr Handy und beendet das Gespräch. Martin legt die Blumen und den Champagner auf das Band, hat die Hände dadurch frei und hält Nina die Hand hin. Sie lacht über so viel Förmlichkeit, winkt ihn zu sich herab und küsst ihn etwas überschwänglich auf beide Wangen. Es wirkt, aus der deutlich spürbaren Unsicherheit zwischen den beiden, wie eine Flucht nach vorn. Martin denkt, dass dies nun wirklich verrückt ist, umgreift ihre Hüften und drückt sie kurz an sich. Es fühlt sich tatsächlich an wie früher, nur mischt sich etwas kalter Zigarettenrauch unter den Duft des Parfüms und Geruch der Frau, die er etliche Jahre lang geliebt hat. Auf die eine und einzige Art geliebt, von der er mangels Erfahrung dachte, es sei die richtige.

Als Nina fragt: „Mensch, Martin, was machst du denn hier?", bemerkt er, dass sein Portemonnaie nicht in der Gesäßtasche steckt. Mist. Verloren, oder beim Hautarzt liegen gelassen, vermutlich Letzteres. Die Kassiererin hat den Champagner und die Tulpen abgerechnet und schaut Martin fragend an. Nina lacht verschmitzt und legte eine

Diätcola, ein Frauenmagazin und eine Dose Pfirsiche auf das Band. Also immer noch Dosenpfirsiche, denkt Martin amüsiert.

Plötzlich fällt der Strom aus, komplette Dunkelheit.

Martin scheint aus einer kurzen Trance zu erwachen, er ist verwundert, wie gut er sich plötzlich konzentrieren kann. Sofort stellt er die Verbindung zu den Polarlichtern her. Nach allem, was er gelesen hat, ist ihm sofort klar, dass das kein leichter, normaler Stromausfall ist.

Ein Raunen und Rascheln geht durch den Supermarkt, irgendwo fällt etwas aus Glas herunter, das Fluchen der Leute wird lauter. Nina ruft belustigt: „Da sehe ich dich nach 20 Jahren das erste Mal wieder, und dann nach einer Minute schon wieder nicht mehr!"

Automatisch greift Martin, wie alle anderen Einkaufenden auch, nach seinem Handy. Es ist tot, der Display nicht aktivierbar.

Im Kopf zählt er die Sekunden vom individuellen Erkennen des nutzlosen Handys jedes einzelnen Menschen im Supermarkt bis zur kollektiven ersten Panikwelle. Er kommt bis sieben.

Schreie werden lauter, jede Orientierung ist dahin. Keine Leuchtdioden, kein Licht irgendwelcher elektrischen Geräte zur Rettung. Nur der trügerische Schein von gelegentlichem Polarlichtflimmern aus Richtung der Frontscheiben.

Ohne jede Chance auf Halt werden Martin und Nina von einem Tsunami aus Menschen erfasst und durch den dünnen Kassengang gedrängelt. Warum er die Champagnerflasche und die Blumen noch vom Band greift, bevor er nach vorne gerissen wird, weiß Martin nicht. Er stolpert, spürt Nina auf seinem Rücken, richtet sich auf, schreit: „Halt dich fest!" und stürzt mit ihr, die sich wie ein Rucksack an ihn festklammert, zum Fenster. Ein Einkaufswagen hinter ihnen wird zum Bulldozer, verletzt Martins Fersen, das Geschrei von Kindern, Frauen und Männerstimmen ist unerträglich, die automatische Tür öffnet sich nicht mehr. Sie werden gegen die Scheiben gepresst. Hastig fingert Martin in seinen Taschen nach dem Haustürschlüssel, zieht ihn hervor, sucht damit den Spalt in der automatischen Tür, schiebt den ihn geistesgegenwärtig dazwischen, dann die ganze Hand und stemmt den Arm hindurch. Die Tür lässt sich schließlich doch gegen Widerstand einen Körper breit öffnen, er setzt Nina ab, gleitet hindurch, zieht sie heraus. Im letzten Moment rollen sich beide zur Seite, da brechen auch schon Frontscheibe samt Türverglasung heraus. Menschen fallen in die Scherben, werden niedergetrampelt.

Auf der Straße können sie im Licht des Halbmonds besser sehen, die Augen haben sich mittlerweile daran gewöhnt, die Zahl der Verletzten ist kaum abzusehen. Martin zieht Nina in eine Mauernische. Es riecht verbrannt. Martin merkt, dass er wie ein Blumenkavalier Champagner und Tulpen fest umklammert hält.

Hinter einigen Fenstern regt sich der Schein von Taschenlampen und Kerzen.

„Wir sollten von der Straße herunter", ruft Nina. Martin denkt an Hanna. Hoffentlich ist sie zu Hause geblieben, denn als er sieht, wie nach und nach Menschen mit Taschenlampen den Supermarkt betreten, anstatt zu verlassen, und mit Kisten wieder herausrennen, ist ihm klar, dass hier bereits geplündert wird. Und wo steckt überhaupt Hanno zu diesem Zeitpunkt?

„Ich wohne in der Nähe", unterbricht da Nina seine Gedanken.

Martin fühlt sich wie in einem Film. Von der Realität ist das hier alles verdammt weit entfernt. Wenn Nina in der Nähe wohnt, wieso sind sie sich nie begegnet?

Sie greift seine Hand und zieht ihn hinter sich her. Sofort flimmern alte, tief verborgene Bilder in seinem Kopf auf. Der 15-jährige schlanke Martin mit dem vollen Haar und der coolen Slacker-Frisur, und Nina, sonnengebräunt, in einem sommerlichen Kleid, Hand in Hand auf dem Schulhof. Die neidischen Blicke der anderen Jungs, Martins spöttisch-stolzes Grinsen. Der erste Alkoholrausch auf der Oberstufenparty, betrunken an süßem Lambrusco-Rotwein, der erste Kuss, der Kirschgeschmack ihrer Lippen. Die Versprechungen ihres restlichen Körpers. Wieso war er eigentlich nicht mit Nina zusammen geblieben? Er kann sich überhaupt nicht mehr erinnern.

Martin stolpert. Nach dem, was er im Dunkeln erkennen kann, ist er über einen Koffer gestürzt, der auf dem Gehweg liegt. Plötzlich kracht noch ein Koffer auf den Boden, dann etwas Größeres, ein elektrisches Gerät, das splitternd neben ihm zerbricht. Er hat den Luftzug gespürt, das Teil muss um wenige Zentimeter seinen Kopf verfehlt haben. Nina zieht ihn in den Hauseingang. Martin hat keine Ahnung, wie er in der bleiernen Dunkelheit zu diesem Altbau gekommen ist. Nina sucht nach einem passenden Schlüssel, es klimperte in ihrer Tasche. Martin versucht, einen klaren Gedanken zu fassen, einen Plan zu schmieden, wie er am schnellsten zu Hanna gelangen könnte, da steht er bereits in einem stockdunklen Treppenhaus. Er zählt vier Stockwerke. Der Lärm der Straße, die Rufe, die Schreie sind inzwischen leiser geworden. Es riecht nach Putzmitteln.

Martin lässt sich bereitwillig an ihrer Hand führen. Entführen. Nina öffnet eine weitere Tür, kalter Zigarettenrauch und Katzenstreu-Geruch strömen ihm entgegen. Ninas Wohnung. Schon jetzt weiß er nicht mehr, wie und ob er das alles noch Hanna erklären kann oder will. Es gibt keinen Grund für ihn, hier zu sein. Es fühlt sich an, als habe der Sonnensturm nicht nur das Erdmagnetfeld und alle elektrischen Geräte durcheinandergebracht, sondern auch die Zeit verlangsamt oder in die falsche Richtung gedreht. Gibt es dazu irgendeine wissenschaftliche Erklärung? Warum muss sein Gehirn längst verdrängte Augenblicke mit seiner ersten Freundin wie Flashbacks durch seinen Kopf jagen lassen?

Aber Nina ist echt. Kerzen flackern auf, der Raum erhellt sich. Er sieht hohe Decken, ein breites Sofa, moderne Bilder an den Wänden, verflossene Farbkleckse in Blauorange, eine Katze faucht. Über einem Stuhl liegt eine Flugbegleiterinnen-Uniform von Air-Berlin. Wie durch einen Filter nimmt er wahr, wie Nina im Kerzenschein vor ihm steht, Erinnerung und Realität verschwimmen, seine Hose wird geöffnet, der Pullover über den Kopf gezogen, er sieht sich selbst zwischen ihren Beinen.

Er sieht den nackten Rücken zwischen Ninas ausgestreckten Beinen. Aber dieser Rücken ist nicht seiner, so behaart, das kann gar nicht sein Rücken sein, das sind nicht seine Schuhe, das sind Air Jordans, die Basketballschuhe, ein Modell aus den Neunzigern. So welche hat er nie besessen. Die hatte in seiner Klasse nur einer. Und dann spürt er die alte Wahrheit, weiß plötzlich, wer da zwischen ihren Beinen steckt. Das sind die Schuhe von Olivier, den alle nur den „Franzosen" nannten, obwohl er gar keiner war, und mit dem sie ihn noch auf der Abiparty betrogen hatte. Davor hatte er wirklich geglaubt, sie würden für immer zusammen bleiben.

Martin sieht Ninas aufgerissenen Mund, sie steigt auf ihn, er fühlt die Champagnerflasche neben sich liegen, greift danach … und schlägt zu. Nina keucht nur kurz, dann fällt sie seitlich von ihm, von der Couch hinunter und ist ganz still. Martin hat erwartet, dass die Flasche zerbricht, aber so passiert es wohl nur in Filmen. Er springt auf, zieht die Hose hoch und schaut sich um. Das hier ist kein Traum. Und auch kein Film. Das hier ist ein Abgrund. *Sein* Abgrund.

Martin sieht wieder das hellrote Blut des Springers auf der Windschutzscheibe seiner U-Bahn.

Aber Nina blutet nicht. Vielleicht schläft sie nur. Vorsichtig fühlt Martin den Puls, er tastet lange, findet jedoch kein Pulsieren, kein Pumpen. Er überlegt, dass der Riesenstromausfall ein riesengroßes Glück für ihn sein kann, hier wieder unbeschadet rauszukommen. Keiner hat ihn in das Haus gehen sehen.

Er nimmt eine Kerze, sucht das Bad und holt ein Handtuch. Damit wischt er hektisch, aber systematisch, alle Oberflächen gründlich ab, von denen er glaubt, sie berührt zu haben. Dann zieht er seinen Pullover wieder an, löscht alle Kerzen und öffnet die Balkontür, trägt Nina wie ein Bräutigam seine Braut über die Schwelle an den Rand des Balkongeländers. Es ist dunkel, kein Licht, keine Taschenlampen sind in dieser Straße zu erkennen, keine Schatten, nur eine düstere, schwarze Masse aus Dunkelheit und Abgrund.

Nina ist ganz leicht, als er sie loslässt. Das dumpfe Klatschen hört er schon nicht mehr, da rennt er schon mit seinen Tulpen und der Champagnerflasche das Treppenhaus hinunter. An der Tür schaut er zunächst durch einen Spalt. Niemand da. Nina muss jetzt rechts von der Tür liegen. Er rennt nach links.

Nach einigen Straßenkreuzungen hat er die Orientierung wieder. Wer nicht plündern will, ist jetzt nicht mehr auf den Straßen. Und wer noch auf den Straßen ist, das spürt Martin mit einem Prickeln, führt nichts Gutes im Schilde. Erst jetzt bemerkt Martin die Sirenen des Katastrophenschutzes. Das periodische Auf- und Abschwellen des Tons. Feuerschein aus einer Seitenstraße beleuchtet das Straßenschild. Er muss nur noch etwa drei Kilometer geradeaus laufen und ist bei Hanna. Martin fängt an zu rennen. Als er wieder stolpert, hält er die Champagnerflasche nach oben, sie bleibt unversehrt, seine Knie fühlen sich feucht und warm an. Martin denkt an Nina.

Die Dunkelheit verschluckt sein kurzes Lächeln.

Er ist selbst erstaunt. Er lächelt, so wie Menschen, wenn sie eine nette Erinnerung vor Augen haben. Aber Martin ist ja nicht blöd. Er hat drei Semester lang zum Spaß Forensische Psychologie als Nebenfach besucht. Für eine seiner Hausarbeiten war er vom Professor vor den Kommilitonen gelobt worden. Er hatte sich eindringlich mit den späteren Folgen kindlicher Vernachlässigung und Misshandlung beschäftigt und zahlreiche Fallbeispiele zitiert. Da war das Beispiel vom prügelnden Vater, ein Sterne-Koch, abhängig von Amphetaminen, nie zu Hause, oder wenn, dann im Burn-out. Der ständige Zwang, bereits als Kind überdrehte, vom Vater mit nach Hause gebrachte Gourmet-Gerichte probieren zu müssen (Seehasen-Rogen auf Meerrettich-Tomaten-Schaum, rohe Kiemen von der handgeangelten Forelle an Pastinakenmus etc.). Wenn ihm das Essen wieder hochkam, er sich erbrach, hagelte es Schläge; also wieder alles in den Mund stecken, schlucken und so weiter. Die passive, keinen Schutz vor den Misshandlungen gewährende Mutter. Pflegefamilien, die nur neue Misshandlungen erdachten. Martin hatte die Quellennachweise, sämtliche Fußnoten einfach erfunden und in den Fallbeispielen seine eigene Kindheit beschrieben. Es fiel niemandem auf. Er bekam eine Eins. Martin weiß, warum er lächelt. Er weiß, woher er kommt, und wohin es ihn führen wird.

Die meiste Zeit seines Lebens hat er sich beschäftigen und ablenken können, um ES in sich ruhig zu halten. Aber in manchen Momenten bricht eine große Dunkelheit über ihn herein. Wie bei seinem zweiten Arbeitstag in der U-Bahn. Der junge Mann wollte nicht sterben, er war kein Springer. Er hatte nur sein Handy fallen lassen. Springer gingen meist anders vor. Martin kann sich noch immer gut an den Blick des jungen Mannes erinnern, das Entsetzen, die Angst in seinem Gesicht, der verzweifelte Versuch, aus dem Gleisschacht zu entkommen. Martin weiß noch genau, wie er die Hand über dem Nothalt-Knopf schweben ließ, bis es zu spät war. Er wusste, es würde wie ein Unfall aussehen. Man würde ihn bedauern. Er hatte das nicht geplant. Wirklich nicht. Es war nur ein dummer Zufall. Aber auch nach all den Jahren, wenn er daran denkt, schaudert es ihn. Er schüttelt sich. Ein angenehmes Gefühl. Als bekäme er sanft den Rücken gekratzt.

Hanna wundert sich über das Fernbleiben von Martin. Normalerweise hätte er längst eine Nachricht geschrieben. Sie hat den Tisch gedeckt, Brot geschnitten und mehrere kleine Schalen mit Aufstrichen aus dem Feinkostladen befüllt. Martin macht sich, aus Gründen, die sie nie ganz nachvollziehen kann, nicht allzu viel aus Gourmetnahrungsmitteln. Aber für Hanna ist es wichtig, sich an besonderen Tagen auch außergewöhnliches Essen und einen guten Schluck Wein zu gönnen. Dass Martin mal wieder länger braucht und zu spät kommt, ist nichts Neues. In den letzten Jahren war er zunehmend mit sich selbst beschäftigt, und das Zusammenleben mit ihm nicht immer einfach gewesen. Aber so ist es eben. Hanna ist kein Mensch, der mit ihrem Leben hadert. Gedanken an eine alternative Beziehung mit einem anderen Mann vertreibt sie meistens rasch und erfolgreich aus dem Kopf. Das Schicksal hatte Martin und sie zusammengeführt, davon ist sie überzeugt. *Diesen* Mann, mit all seinen Fehlern und Marotten zu lieben, das war und ist ihre Bestimmung. Da denkt sie pragmatisch.

Hanna öffnet den Kühlschrank und sucht eine Flasche Weißwein heraus. Sie trinkt gerne Wein, und wenn sie mit ihren Freundinnen unterwegs ist, macht sie keinen Hehl daraus, dass ihr die kleinen Fluchten mit Cocktails und anderen Drinks gut gefallen. Ihre Nachrichten spickt sie gerne mit Sprüchen wie „Lange Rede schnell drei Gin" oder „Es ist mir egal, ob mir jemand das Wasser reichen kann, ich will Wein". Selbst am Kühlschrank hängt ein Magnet mit der Aufschrift: „Karotten verbessern die Sehkraft, Wein verdoppelt sie!" Der offene Umgang mit ihrer Wein-Leidenschaft macht es Hanna leichter, sie weiß, dass ihre Freundinnen fast schon erwarten, dass sie beim wöchentlichen feucht-fröhlichen Frauenabend getränkemäßig den Takt angibt. Martin nippt meist nur am Glas, Hanna aber wird sich die Wartezeit mit ein oder zwei leckeren Gläsern eiskalten Weißwein vertreiben. Sie zittert etwas, als sie mit dem scharfen Küchenmesser die Plastikversiegelung am Flaschenhals löst, das passiert in letzter Zeit häufiger. Als plötzlich der Strom ausfällt, und sie in gänzlicher Dunkelheit in der Küche steht, rutscht sie mit dem Messer ab und durchtrennt sich in einer sehr unglücklichen, schwunghaften Bewegung die Blutgefäße am linken Handgelenk.

Martin hat ihre gemeinsame Wohnung erreicht. Er geht lautlos in den zweiten Stock, bis er vor der Wohnungstür steht. Hanna hat sicherlich Kerzen angezündet und wartet. Der Stromausfall in all seinem schrecklichen Ausmaß und all der herrlichen Dunkelheit ist so unvorhergesehen, so zufällig über die Welt gekommen. Es ist zu verlockend, er muss ihr nachgeben. Ob er nun eine halbe Stunde später kommt oder jetzt direkt zu Hanna hineingeht, das macht auch keinen Unterschied mehr. Martin stellt die Champagnerflasche auf die Fußmatte vor die Wohnungstür und legt die schlappen Tulpen daneben. Vielleicht wird er sie Hanna später in die Hand drücken, zum Jahrestag überreichen. Und sie dann küssen, wie gewohnt.

Oder sie wird Blumen und Flasche selbst finden und sich sicher freuen. Alles wird wieder gut werden. Oder etwa nicht?

Martin streicht sich den Schweiß aus den Augen, seufzt und geht hinunter in den Keller, um das versteckte Infrarot-Nachtsichtgerät aus seiner Jagdscheinkiste zu holen. Ob er sich damit einfach in die Wohnung der Nachbarin schleichen soll, deren Schlüssel er hat? Und dann sich ganz leise verhalten, Hanna eine Weile lang beobachten.

Mal sehen, was passiert.

*„Unsere Geschichte ist eine Summe
aus letzten Augenblicken."*

Thomas Pynchon

5. Come as you are

„Mit einer Schrotflinte? Warum hat er denn zum Teufel eine Schrotflinte genommen?" Isas Blick schweift nachdenklich vom Musikexpress ab, und trifft Hanno, der die am Zug vorbeirauschende Umgebung, die skandinavische Klischee-Welt aus roten Häusern, spiegelglatten Seen und scheinbar mit Leichtigkeit von irgendeinem Riesen lose darüber gestreuten gigantischen Felsbrocken beobachtet. Hanno löst den Blick von der norwegischen Landschaft, dem Land seiner Vorfahren, zu dem er in den 18 Jahren seines bisherigen Lebens so wenig Bezug gefunden hat, dass er sich hier nur wie ein Tourist fühlen kann.

In den Sitzreihen hinter ihnen lärmt eine Gruppe von frisch gebackenen Abiturienten. Junge Männer und Frauen nach Tradition des *Russefeiring,* den wochenlang andauernden und ausschweifenden Abiturabschlussfeiern in ihren einheitlichen roten Latzhosen, versehen mit den schwarzen Unterschriften ihrer Mitschüler, die mit Stolz getragen werden wie Trophäen. Sie sind vor Glück und Übermut, erstmals im Leben etwas geleistet zu haben, und norwegischem Lettöl, betrunken. Hanno muss schmunzeln und freut sich von Herzen für sie. Das Abitur hat er auch gerade hinter sich gebracht. Das neue Gefühl von Freiheit kann er nur zu gut nachvollziehen. Das typische norwegische Wort dafür lautet: *Helgefyll.*

Isa, ohne Antwort von Hanno, hält den Musikexpress mit Kurt Cobains Portrait in die Höhe und wiederholt: „Eine Schrotflinte?"

Hanno zuckt mit den Schultern, streicht sich eine dunkelblonde Locke aus dem Gesicht und reibt sich mit den nach selbstgedrehten Zigaretten riechenden Fingern die Nase.

„Es bleibt nicht viel übrig bei einer Schrotflinte, vielleicht wollte er nur auf Nummer sicher gehen."

Isa akzeptiert das als fachlich ausreichende Antwort und schlägt das Magazin wieder auf. Bei der Lektüre des Artikels, der sie offenkundig aufwühlt, beißt sie sich mehrmals auf die Lippen und spannt ihre Kieferknochen an. Ihre Haut strafft sich am Hals, sie drückt die Schultern durch, kurz kommen die Konturen ihrer Brüste unter dem viel zu großen, abgewetzten grauen Pullover zum Vorschein, der ihr im Stehen am schlanken Körper herunterhängt und bis über den Hintern reicht. Isa sieht aus wie PJ Harvey und ein bisschen auch wie Melissa AufderMaur, die Bassistin der Band *Hole*. Beide hager, dünn, mit dunkelrot geschminkten Lippen, immer etwas zu viel des Guten, auch beim Make-up an den Augen, aber wunderbar eigensinnig, faszinierend schön und tiefgründig. Für Hanno zudem echt liebenswert. Seit der fünften Klasse sucht er Isas Nähe. Wie im Flug sind die Jahre vergangen, und sie ist eine beeindruckend hübsche und selbstbewusste Frau geworden.

Isa und Hanno mögen die gleiche Musik, haben die gleichen Ansichten. Isa tut Hanno gut. Immer wenn er nicht recht weiß, wie er sich verhalten oder entscheiden soll, ist Isa da und deutet, berät und klärt mit ihm jede Situation. *Hanno: Soll ich beim Schüleraustausch nach England mitmachen? Isa: Na klar, du musst da hin! Hanno: Das rot-karierte gefütterte Holzfäller-Hemd? Isa: Zieh das sofort aus, steht dir gar nicht.*

Hanno liebt Isa. Er liebt sie wie eine Schwester.

Isa zitiert aus Cobains Abschiedsbrief, den der Musik-express anlässlich des 25-jährigen Todestags abgedruckt hat: „It's better to burn out than to fade away."

„Das ist aus dem Neil Young-Song ‚My My, Hey Hey'," antwortet Hanno.

Isa schaut Hanno an beeindruckt an und sagt: „Ich finde das so schön, dass du das weißt!"

Nicht mehr als das, sagt sie, aber aus ihren Worten spricht aufrichtige Bewunderung.

Einer der Abiturienten erbricht sich unter dem Gelächter einiger blonder Mädchen in den Gang. Kurze Zeit später erscheint der Schaffner nicht sehr begeistert und schimpft in klaren Worten, die trotz der zum Ausdruck gebrachten Wut nicht an ihrem norwegischen Sing-Sang-Klang verlieren.

Kurt Cobain und Hannos Großvater waren zufälligerweise am gleichen Tag gestorben. Während man damals

Cobain in seinem Haus in Kalifornien, vollgepumpt mit Heroin und ohne noch erkennbares Gesicht gefunden hatte, war sein Großvater wesentlich friedlicher aus dem Leben geschieden. Er wurde an einem sonnigen Tag, lang ausgestreckt wie zu einem kurzen Nickerchen, in seinem Garten zwischen den Bienenkörben gefunden. Das allein klingt beim Erzählen nach einem so versöhnlichen und geradezu erstrebenswerten, friedlichen Tod, dass darin schon für Hanno ein gewisser Trost enthalten ist. Sein Großvater hatte Bienen geliebt und in den letzten Jahrzehnten mit viel Leidenschaft Honig hergestellt. Er war, so musste man annehmen, einfach bei dem gewohnten Mittagsschläfchen zwischen lautem Bienensummen und Vögel-Gezwitscher nicht mehr aufgewacht.

Um 13.00 Uhr soll die Beerdigung stattfinden.

Hanno atmet tief durch. Isa dabeizuhaben, gibt ihm Kraft. Isa hat einen unerschöpflichen Vorrat an Optimismus in sich. Es brennt eine unermüdliche Begeisterung für sämtliche Dinge in ihr, vom banalen, alltäglichen: *„Geschirrabwaschen? Ist kein Problem, macht die Hände schrumpelig, aber auch so schön sauber"*, bis zum schweren Ausnahmefall: *„Dein Opa ist gestorben? Ich helfe dir, ihn zu beerdigen! Wann fliegen wir nach Norwegen?"*

Diese Reise ist ein erneuter Aufbruch ins Ungewisse für Hanno. Zwar war er vor einigen Wochen bereits hier gewesen, und von einer Familie, von deren Existenz er bis vor Kurzem nicht einmal etwas gewusst hatte, warmherzig aufgenommen worden – dennoch kennt er viele der Familienmitglieder kaum oder gar nicht. Leider war die Großmutter schon vor einigen Jahren gestorben, und so hatte sich bei seinem Besuch vor allem eine bemerkenswerte tiefe Beziehung zu seinem Großvater hergestellt. Obwohl sie beim Honig herstellen mitunter über eine Stunde lang kein Wort miteinander wechselten, und der Großvater nur in sehr verdichteten, wenigen Sätzen sprach, hatte Hanno schnell das Gefühl, ihn schon weit länger zu kennen. Sein leiblicher Vater hingegen blieb so wenig greifbar wie in den knappen Schilderungen seiner Mutter. Man spricht ihm jede Zurechnungsfähigkeit ab und weiß nur, dass er alkohol- und tablettenabhängig in einer geschlossenen Anstalt im Norden dahinvegetiert.

Isa kann ihren Blick am Friedhof nicht von dem direkt benachbarten Feld mit den Minigrabsteinen der totgeborenen oder unmittelbar nach der Geburt verstorbenen Babys wenden. Obwohl die Sonne scheint, steigt vom Grabplatz des Großvaters eine Gänsehaut erzeugende Kälte durch die Füße nach oben in den Körper. Isa muss sich unmerklich schütteln.

Die Trauerfeier beginnt. Hanno versteht nicht viel Norwegisch, aber das Vaterunser hat den gleichen Tonfall, vermutlich hat es das in jeder Sprache der Welt. Er will die Hände falten, aber Isa greift nach seiner Hand, umschließt sie mit ihrer anderen. So stehen sie plötzlich ganz nah beieinander und beten. Hanno hat damit nicht gerechnet, aber es fühlt sich gut an. Tanten, Onkel, Cousins und Cousinen, fast alles für ihn bisher unbekannte Gesichter, schauen die beiden über den aufgeworfenen Erdhügel hinweg interessiert an. Der Sarg wird abgesenkt, jeder wirft eine kleine Schaufel mit Erde hinein, dann der Abschluss-Segen, tiefes Durchatmen. Sofort wird der Kloß im Hals kleiner, Hanno löst den oberen Knopf seines weißen Hemds und lockert die schwarze Krawatte.

Die Sonne steht schon etwas tiefer, als sich die beiden am nächsten Tag aufmachen, um zum kleinen Ferienhaus der Familie am See im Birkenwald zu wandern. Hanno kennt den Weg, sein Großvater ist ihn am letzten Tag seines Besuchs mit ihm gegangen. Eine schöne Erinnerung. Hanno sucht in sich selbst nach einem Begriff für das Gefühl, dass dieses Bild in ihm erzeugt, kann aber seltsamerweise kein negatives oder trauriges finden. Eher ist er froh und dankbar über jeden Moment dieser Spurensuche mit seinem Großvater. Sie pflückten Beeren und unternahmen weite Wanderungen durch Wald und Fjell, und, um die Klischees ganz zu erfüllen, sahen eine Elchkuh an einer Lichtung.

Hannos Großvater war kein Mann der großen Worte gewesen. Etwas Tiefes, in ihm Verschlossenes ruhte in ihm. Die Familie mutmaßt, er sei ein Helfer der norwegischen Saboteure gewesen, die unter der Nazi-Besatzung 1943 versucht hatten, in Rjukan ein Anreicherungswerk für *Tungtvann* – sogenanntes *Schweres Wasser* zu zerstören, und damit den Deutschen bei der Entwicklung der

Atombombe einen Strich durch die Rechnung zu machen.

Hanno hatte seinen Großvater darauf angesprochen. Dieser erklärte ihm daraufhin, dass in schwerem Wasser das Wasserstoffatom nicht nur ein Proton, sondern zusätzlich noch ein Neutron extra enthält. Das heißt Deuterium und ist giftig. Als Eiswürfel schwimmt es beispielsweise nicht oben, sondern geht im Wasser unter, und hat noch eine Reihe anderer merkwürdiger Eigenschaften.

Über die Geschehnisse im Zweiten Weltkrieg ließ er Hanno jedoch im Unklaren. Der Großvater verbrachte sein ganzes Berufsleben bei Norsk Hydro, der Firma, die auch schon vor 50 Jahren im Werk in Rjukan Tungtvann herstellte, doch Details kennt niemand in der Familie.

Isas Atem ist schnell und tief. Sie schwitzen beim Anstieg eines vor längerer Zeit ausgetretenen, und nun wieder kaum sichtbaren, verwachsenen Pfads. Isa trägt den leichteren Rucksack, Hanno die Vorräte, nur für ein paar Tage. Der Hüttenaufenthalt soll den Norwegen-Aufenthalt mit einem Wildnis-Erlebnis abrunden.

„Was für ein Bett hat denn die Hütte?", erkundigt sich Isa, ohne sich dabei zu Hanno umzudrehen. Er überlegt und antwortet wahrheitsgemäß, er könne sich nicht mehr recht erinnern, es sei aber wohl ein Hochbett.

„Schade", murmelt Isa laut genug, doch Hanno hört es nicht.

„Hast du gewusst, dass Kurt Cobains Eltern sich getrennt haben, als er neun Jahre alt war?", fragt Isa.

Hanno schüttelt den Kopf.

„Er hat dann erst bei den Großeltern, dann bei der Mutter, wieder beim Vater und anschließend bei unzähligen Eltern von Freunden gewohnt. Das hat ihn so rappelig gemacht, dass er auf Ritalin eingestellt wurde. Und als er immer berühmter wurde, kam er mit dem Trubel nicht mehr zurecht und hatte ständig Bauchschmerzen. Die Ärzte konnten nichts finden, und so nannte er das bei sich selbst ‚Cobain Disease'."

Hanno sucht den Boden nach dem Weg ab, schiebt für Isa Zweige zur Seite.

„Ich glaube, er konnte nur so gute Musik machen, Musik, mit der sich die Menschen auch nach 25 Jahren so sehr identifizieren können, weil es ihm so schlecht ging. Ist das nicht absurd? Wie eine Art Jesusfigur, die alles abbekommt und erleidet, damit es anderen besser geht." Isa wartet auf einen Kommentar von Hanno, aber dessen Aufmerksamkeit wird plötzlich auf einen Baum gelenkt. Isa geht zunächst weiter, dreht sich nach einigen Metern um, wischt sich die schweißnasse Stirn und steigt zu Hanno. Der streckt sich nach einem Zweig, und erst aus nächster Nähe erkennt sie, was da auf dem Ast sitzt. Zwei schwarze Vögel. Keiner der Vögel fliegt jedoch weg. Sie wirken wie präpariert, leblos, und doch wie in einer Bewegung fixiert. Die dunklen Augen starren geradeaus.

Hanno lässt den Ast wieder los, so dass einer der Vögel starr herunterfällt. Isa zuckt zusammen.

„Was ist das?", fragt sie.

Hanno nuschelt: „Schwarze Vögel."

„Sie sehen aus wie mit Haarspray oder so überzogen, wie lackiert."

„Na klar", sagt Hanno in gespielt übertriebenem Tonfall. „In der tiefen norwegischen Natur gibt es Haarspray für schwarze Vögel."

„Vielleicht eine Jagdattrappe", fügt er murmelnd hinzu. „Keine Ahnung. Egal. Ich habe Hunger, lass uns vorwärtskommen, es ist gleich hinter dem nächsten Hügel."

Der Blick dort ist atemberaubend und kann es mit so mancher Postkartenfotografie aufnehmen. An einem spiegelglatten See, der nur etwa 100 Meter lang und an der breitesten Stelle 40 Meter breit ist, liegt ein Birkenwald. Die weißen Stämme heben sich deutlich vom übrigen Mischwald ab. Die roten Wände einer Hütte kontrastieren mit der umliegenden Natur in vielen verschiedenen Grüntönen. Ein kurzer Bootssteg ragt von den Felsen ins Wasser.

Mücken umschwirren Isas nackte Schultern, Hanno schlägt sich mehrmals auf Nacken und Arme. Für Anfang Mai gibt es schon erstaunliche viele Mücken.

Sie haben sich der Hütte auf einige Meter genähert, als Isa, die vorgeht, abrupt stehen bleibt. Vor ihnen, direkt auf dem Weg, liegen zwei Tiere von der Größe eines Hundes. Isa stellt sich hinter Hanno und deutet auf die steif auf der Seite liegenden Geschöpfe. „Zwei Füchse", sagt Hanno, bricht einen Zweig ab und stupst eines der rotbraunen Tiere an. Es zeigt keine Reaktion. Hanno stochert weiter am Fuchs herum, bis es ihm gelingt, eines der Tiere aufzurichten. Es ist so steif, dass es tatsächlich steht. Die Augen geöffnet, die Beinhaltung wie im Laufen plötzlich erstarrt.

„Der sieht auch wie mit Lack übersprüht aus, Hanno, wie der schwarze Vogel vorhin", sagt Isa und hält sich an seinem Oberarm fest. Die beiden schweigen, Wind bringt die Bäume zum Knacken und Rauschen.

„Lass uns zur Hütte kommen", bittet Isa.

Über ihnen färbt sich der Himmel rosig. Da die Sonne zum Sommer hin immer später untergeht, muss es schon fast neun Uhr sein. Kondensstreifen von Flugzeugen zerschneiden den Himmel. Ein Zug ist in der Ferne zu hören.

Die dunkelrote Hütte liegt stattlich vor ihnen, mit einer kleinen Veranda, weiß gestrichen, so wie die Fensterrahmen und der Dachfirst. Sie passieren den Bootssteg, das Boot liegt mit dem Kiel nach oben daneben. Wasser rinnt vom Bug herunter und tropft auf die Wiese. Das Gras ist platt getreten.

Hanno sieht die Bisamratten zuerst und stellt sich rasch so vor den See, dass Isa sie nicht entdecken kann. Ihre

Schnurrhaare stehen starr ab, die Augen sind grotesk aufgerissen, das Fell glänzt, der Schwanz ist aufgereckt. Wie präpariert in einer lebensechten und doch merkwürdig beängstigenden Haltung. Hannos Mund wird trocken.

Der Schlüssel findet sich, wie vom Onkel beschrieben, hinter dem Schuppen in einem kleinen Verschlag unter dem gestapelten Feuerholz. Die Hütte hat eine Küche, ein kleines Wohnzimmer mit Couch und eine Nische, in der, mit einem Vorhang abtrennbar, ein Hochbett steht. Es gibt keinen Strom, kein fließendes Wasser, keine Toilette, nur ein Plumpsklo auf der Waldlichtung hinter dem Haus.

Der Eindruck des Gesehenen lässt sich auch später einfach nicht abschütteln, als sie bei Kerzenlicht am Küchentisch sitzen, Dosenravioli essen und versuchen, ein normales Gespräch zu führen.

„Eine schöne Hütte", sagt Isa. Warst du schon mal mit jemandem hier?"

„Nur mit meinem Großvater", antwortet Hanno. „Der Ort heißt Björkedal, das heißt Birkental."

Isa bricht schließlich den Austausch an oberflächlichen Informationen ab.

„Mir gehen diese erstarrten Tiere nicht aus dem Kopf."

„Mir auch nicht", gibt Hanno zu.

„Was hat das nur zu bedeuten?"

Um Isa aufzumuntern, antwortet Hanno: „Weißt du noch, was unser Deutschlehrer aus Köln in der neunten Klasse immer gesagt hat: ‚Et kütt wie et kütt und et hätt noch emmer joot jejange.'"

„Ja, ich weiß. Aber das macht doch alles keinen Sinn. Sind die Tiere vergiftet worden, oder was meinst du?"

Isa runzelt die Stirn, sie trägt schon einen Pyjama, zieht die Beine an den Körper und sieht hinreißend aus. Hanno holte eine Decke und legt sie über ihre Schultern.

Vor der Tür raschelt es, mal lauter, mal leiser.

Isa reißt die Augen auf. „Was ist das?"

Hanno bleibt gelassen. „Das kenne ich schon, da liegen bestimmt noch Krümel vom Ausschütteln der Tischdecke vor der Tür. Dann kommen Ratten oder Mäuse und holen sich im Dunkeln die Reste."

„Aber hier war doch eine Weile keiner mehr, hat deine Tante zumindest gesagt."

Hanno zuckt mit den Schultern, steht auf, kontrolliert die verschlossene Tür und setzt sich wieder.

„Es kann zumindest keiner reinkommen, alles klar, die Tür ist abgeschlossen."

Hanno holt eine Plastikwasserflasche hervor und beginnt, mit einem Taschenmesser, das er über der Kerze erhitzt, an bestimmten Stellen runde Löcher in das Plastik zu schmelzen. Dann steckt er ein dünnes Metallröhrchen in eines der Löcher, steckt ein kleines hohles Metallköpfchen darauf und füllt die Flasche mit Wasser.

Isa schaute ihn ungläubig an: „Du willst jetzt nicht im Ernst eine Pfeife bauen?"

„Das wird gemütlich, warte ab", sagte Hanno. Er holt ein kleines Tütchen hervor und füllt das Köpfchen mit der Mischung.

Isa schaut ihn fragend an.

„Kleines Geschenk meines Cousins", sagt Hanno knapp.

„Willst du anfangen?"

Isa hasst kiffen, aber noch schlimmer ist es für sie, mit klarem Kopf neben einem Bekifften zu sitzen. Aber dann beschließt sie nach kurzer Überlegung, dass die letzten 24 Stunden mit den Eindrücken der Beerdigung, den lackierten, ausgestopften Tieren und der Einsamkeit dieser Hütte Grund genug sind, die Realität etwas zu verzerren. Sie greift zu Feuerzeug und Bong und nimmt einen nicht zu tiefen Zug.

Eine Stunde später sitzen die beiden kichernd vor einer Dose Ananas und futtern mit bloßen Händen.

Isa steckt Hanno ein Stück Frucht in den Mund und streicht ihm im Licht der Kerzen mit dem Finger den klebrig-zuckrigen Saft über die Lippen. Hanno lässt es geschehen. Er schüttelt den Kopf und steht schnell auf, um den Gedanken zu vertreiben, wie es sich wohl anfühlen würde, wenn Isa seine Finger in den Mund genommen und abgeleckt hätte.

Isa schaut ihn schweigend, mit großen Augen an.

Da raschelt es wieder vor der Tür. Isa springt auf, stößt die Dose um und legt sich auf die Couch.

„Mir ist das hier alles nicht so ganz geheuer, Hanno."

Hanno grinst breit: „Das gehört dazu, wenn man in der Wildnis schläft!"

„Nein wirklich, ich kann nicht in diesem Hochbett schlafen. Können wir nicht einfach die Couch ausziehen?"

Bevor Hanno diese Frage beantworten kann, stellt Isa die nächste.

„Außerdem kann ich auf keinen Fall im Dunkeln aus der Hütte raus, aber ich muss pinkeln."

Hanno findet einen Pinkeleimer, stellt ihn wortlos vor Isa und ist plötzlich wahnsinnig müde, dass er sich unbedingt nur noch so schnell wie möglich hinlegen will. Mit einem Handgriff zieht er die Couch aus, wirft einige Decken darauf und lässt sich rückwärts fallen. Er öffnet noch kurz die Augen, um Isa zu sagen, sie solle die Kerzen auspusten. Sie steht vor ihm, hat nur noch Unterwäsche an. Hanno seufzt, Isa pustet die Kerze aus. Ihm wird wohlig warm, die Dunkelheit und Isa umarmen ihn. Dann schläft er ein.

Obwohl die Erinnerungen nur schemenhaft sind, ist beiden am nächsten Morgen klar, dass sie miteinander geschlafen haben. Sie liegen nackt aneinander, ihre Körper ganz nah beisammen, und doch ist jeder in Gedanken in seiner eigenen Welt. Für Hanno war es das erste Mal, für Isa, er kann es nicht mit Bestimmtheit sagen, aber glaubt, sie gut genug zu kennen, wohl auch. Er versucht angestrengt, sich ihre Berührungen deutlicher vor Augen zu führen, sich besser darauf zu konzentrieren, aber es fällt ihm schwer. Er will sie auch nicht fragen. Isa verliert ihrerseits kein Wort, steht nackt auf und zieht sich, mit dem Rücken zu ihm stehend, stumm an.

Nach einem schweigsamen Frühstück treten Isa und Hanno vor die Tür, vom nächtlichen Geraschel sind keine Spuren zu sehen. Die Luft ist frisch und klar, die ersten Strahlen der Sonne wärmen ihre Haut.

Isa greift mit einem Seufzer unbeschwert Hannos Hand und will etwas zur vergangenen Nacht sagen, aber da stehen sie bereits vor dem Bootssteg und erblicken die beiden Rehkitze, die dort in all ihrer Schönheit in der Morgensonne stehen. Sie scheinen zu ihnen aufzublicken, doch nur wenige Sekunden später wird Hanno und Isa klar: Die Bewegung des Rehs ist eine Einbildung, nichts weiter. Eine Erinnerung, irgendwo in ihren Köpfen an der Stelle abgespeichert, an denen die Bilder von sich bewegenden, lebendigen Tieren liegen. Nichts an dem Tier regt sich. Hanno klatscht in die Hände, winkt mit den Armen, aber nichts passiert. Aus einigen Metern Entfernung sehen sie schließlich die weit geöffneten glänzenden Augen.

Isa hockt sich ins feuchte Gras. Hanno hört, wie sie leise weint.

Er nimmt sie in den Arm und steckt seine Nase in ihre gut duftenden Haare. Hanno schließt die Augen. Als er die Augen wieder öffnet, sieht er Kurt Cobain. Ist er es? Doch ja, er ist es!

Cobain sieht aus, wie man ihn von den Fotos kennt: Halblange, blonde und ungepflegte Haare. Ein schlabbriger Pullover mit Löchern und zerrissene Jeans. Cobain besprüht die beiden Rehe mit einer Flüssigkeit. Dann dreht er sein Gesicht in Hannos Richtung und lächelt. Das Lächeln ist sanft und weich und scheu. Hanno fürchtet sich nicht, denn er erkennt, dass das Lächeln ein Teil von ihm ist, und er ist ein Teil dieses Lächelns. Dieser Cobain ist: sein Vater.

Er lockert seine Arme um Isa und flüstert ihr leise in die Haare: „Wenn du dich gleich umdrehst, wirst du meinen Vater sehen, ich denke, er ist uns gefolgt."

Isa wirft den Kopf in den Nacken und weint kurz etwas lauter, dann verstummt sie. Als der Mann langsam näher kommt, kann auch Isa die Ähnlichkeit der Gesichtszüge erkennen. Da steht plötzlich jemand vor ihnen, der aussieht, als sei er ein in die Jahre gekommener, faltiger Hanno. In den Händen hält er eine Pumpflasche. Isa findet ihre Stimme wieder und fragt: „Waren Sie das mit den Tieren?" Dabei zeigt sie auf die beiden präparierten Rehe. Der Mann nickt, zeigt auf die Pumpflasche und sagt mit einer sehr sanften Stimme: „Tungtvann."

„Sind sie Hannos Vater?"

Der Mann, der aussieht wie Kurt Cobain, legt die Hände ineinander und senkt den Kopf. Eine leichte Geste mit tonnenschwerer Bedeutung.

„Warum?", ruft Isa energischer, fast zornig und zeigt erneut auf die Rehe. Der Mann streckt den Arm aus und zeigt auf den blassen Kometenschweif am Himmel. Isa will noch lauter werden, als Hanno ihr ins Wort fällt und wieder flüstert: „Ich glaube, er will wie Noah sein, der Tier-Paare für seine Arche sammelt, bevor die Sintflut kommt."

Der Mann lächelt sein mildes Lächeln, läuft an Hanno und Isa vorbei, bückt sich und sprüht zwei Käfer auf dem Waldboden ein.

„Geh doch zu ihm und rede mit ihm!" Isa schiebt Hanno von sich weg.

„Es gibt nichts mehr, was ich zu ihm sagen könnte, was ich nicht schon vorher gedacht habe", antwortet Hanno.

Er schaut nach oben. Wie eine wolkenlose Kuppel liegt der Himmel, ohne irgendeine Bewegung. über ihnen.

Isa schreit: „Und warum hören wir keine Züge mehr vorbeirauschen, und wo sind die ganzen Kondensstreifen von den Flugzeugen?"

Hanno stottert und kann den Blick nicht von den Rehen abwenden, in der stillen Hoffnung, sie würden doch einfach noch vor ihnen weglaufen.

„Vielleicht steht nur der Wind ungünstig", sagt er abwesend.

Isa brüllt Hanno an: „Hier ist aber überhaupt kein Wind! Es ist einfach nur vollkommen still in diesem Scheiß Birkental, und da steht dein Vater!"

Hanno achtet auf die Bäume, es bewegen sich keine Blätter, da ist kein Rauschen, kein Vogelzwitschern. Die Welt ist verstummt und erstarrt. Isa schlägt Hanno auf die Brust, sie brüllt und brüllt, Hanno starrt sie an. Die Silhouette der halben Mondsichel steht noch am Himmel, der Kometenschweif ist zu sehen, das Sprühgeräusch der Pumpflasche klingt nach. Hanno nimmt die um sich schlagende Isa in den Arm und dreht sein Gesicht in die orangene, warme Sonne.

Come as you are, denkt er.

„I'll tell you all my secrets

But I lie about my past"

Tom Waits, Tango till they're sore

6. Rehbeinchen, mach mal ein Glas mit Cognac voll

Sechs Kaffee. Der Magen total übersäuert. Schmidt durchsucht im kalten Schein der Handy-Taschenlampe die Speisekammer. Leergut scheppert über die Kacheln. Jetzt bloß keinen weiteren Lärm machen. Eine Etage über ihm, im schicken Stadtvilla-Neubau mit den großzügig bemessenen Kinderzimmern schlafen seine beiden Töchter Isa und Leni sowie Frau Magda. Die Ehe lief auch schon mal besser. Die Nachbarn tuscheln darüber. Es gibt sogar Hausinteressenten. Scheidungshäuser sind in diesem Neubaugebiet sehr gefragt.

„Herr Schmidt, seien Sie kein Einzelrenner, wir sind B-e-z-i-e-h-u-n-g-s-menschen, Herr Schmidt. Sie sind doch keine Qualle!", hatte der Eheberater fast verzweifelt gesagt. Der Paartherapeut in etwa das Gleiche. Schmidt tat betroffen und nickte.

Jetzt bloß nicht noch mehr Lärm verursachen, nicht die Mädchen wecken. Magda würde schlaftrunken auf die Uhr schauen, nicht wieder einschlafen können und Fragen stellen. Nicht auszudenken. Die Folgen.

Schmidt räuspert sich und stöbert mit spitzen Fingern durch die Kisten. Die Backkiste, Mehl, Zucker; … endlich hält er den kleinen Beutel in der Hand. Das muss das gesuchte Backpulver sein. *Natriumbicarbonat.* Genug, um den sauren Kaffeemagen mit dem elenden Brennen zu neutralisieren.

Sechs Kaffee und ein Cognac. Ein Wahnsinn, das Ganze. Der Tag, der Job, Schmidts ganzes Leben.

SCHMIDT. Privatdetektiv und Ermittler. „Schmidt" großgeschrieben, wie eine Marke, Fettdruck, schattiert, grau, wie in Beton gegossen, monumental. Die komplette Vorderseite der Visitenkarte ausfüllend. Adresse auf der Rückseite, klein, zierlich, kursiv.

Der erste Kaffee war beim Abstellen leicht übergeschwappt. Schmidt zückt seine Visitenkarte und schiebt sie dem Klienten geschickt an der kleinen Kaffeepfütze vorbei, über den polierten Stahltisch. Der Klient greift nach der Karte, zieht sie weiter zu sich über den Tisch und nimmt dabei einen braunen Tropfen, wie einen dünnen Verbindungsstrich, mit. Der Mann steckt in Schwierigkeiten. Da kann Schmidt helfen. Die kaffeebefleckte Visitenkarte wandert in das Lederportemonnaie des Klienten.

Das unverfängliche Gespräch über die Kinder soll eine Vertrauensbasis schaffen. Schmidt kommt beim ersten Treffen gerne auf seine Kinder zu sprechen. Wenn die Kunden keine Kinder haben, gibt Schmidt oft vor, gerade ein Auto kaufen zu wollen. Dabei passt er die Automarke dem äußeren Erscheinungsbild seiner Kunden an. Der Mann, der ihm gegenüber sitzt, trägt eine beigefarbene Hose mit Ledergürtel, braune Schuhe, ein weißes Hemd, zwei Knöpfe offen, blaues Jackett, hellblaues Einstecktuch, gepflegter Dreitagebart. Schmidt trägt wie immer Rollkragenpullover, ein braunes Cord-Jackett, Schnurrbart, leichter Doppelkinnansatz. Bis auf einen kleineren, dichteren

Steg über der Stirn sind Schmidts Haare dünn und kurz. *Mecki, der Igel.*

Der Klient ist Abgeordneter im Bundestag.

„Mein Nachbar badet nachts sehr laut. Dieses ewige Gluckern hat mich verrückt gemacht." Schmidt ist es gewöhnt, keine Gesichtszüge zu bewegen, wenn ein Klient sich ihm anvertraut. „Dann habe ich den wissenschaftlichen Dienst des Bundestags und später noch den Bundesnachrichtendienst beauftragt, juristische Schritte gegen den Nachbarn zu überprüfen. Irgendwas suchen, es aufbauschen und ihm anhängen."

Schmidt nickt und weiß bereits, wie sein Auftrag aussehen wird. Dieser Fehltritt des Abgeordneten ist ein Fleck auf der weißen Wiederwahlweste.

Der zweite Kaffee verbrennt Schmidt an einer Kettwurstbude in der Scheidemannstraße die Oberlippe. Er wartet in der Nähe des Reichstagsgebäudes. Touristenbusse fahren vorbei, nassfeuchtes Dezemberwetter, es nieselt halbmatschige Flocken. Schmidt schlürft das viel zu heiße Getränk mit spitzen Lippen und räuspert sich.

Schmidt hat alte Kontakte aktiviert und Klaus Leidner angerufen. Vormals BND-Innendienst. Der Klient will die Akten, die nach jahrelangem Verschluss zu einer Prüfung vor ihrer Vernichtung wieder herausgeholt werden sollen, verschwinden lassen. Die Prüfung würde ihn die Karriere kosten. Alte Geschichten dürfen nicht aufgewärmt werden.

Schmidt ist wach, die Gedanken um diese Uhrzeit glasklar. Während er an einem Senffleck auf der Hose reibt, erscheint Leidner und übergibt ihm unauffällig eine Parlaments-Zugangskarte. Schmidts Telefon klingelt. Magda ruft an. Leidner nickt kurz. Schmidt nickt zurück. Er weiß um die Gegenleistung, die Leidner fordern wird, nickt ihm zu. Der verschwindet wieder. Schmidt nimmt den Anruf an. Er bedauert am Telefon: Der Auftrag, die Arbeit. Ein gemeinsames Mittagessen eher unrealistisch. Nein, er schafft es nicht, Leni von der Schule abzuholen oder Isa zur Fahrschule zu bringen. Er bedauert. Magda ist sauer. Unangenehme Pause. Das Gespräch endet. Dass er für seine große Tochter im Moment so wenig Zeit hat, tut ihm besonders leid. Zunehmend verstärkt sich bei ihm das Gefühl, die Kontrolle über sie zu verlieren. Ständig hängt sie mir ihrer Lerngruppe für das Abitur rum. Besonders mit diesem langhaarigen Jungen, Hanno heißt der. Schmidt hat ihn natürlich bereits überprüft: Sohn eines arbeitslosen U-Bahnfahrers, aber immerhin gut in der Schule.

Dann macht ihm noch Magda etwas Sorgen. Seit einigen Wochen lässt sie sich von so einem Jüngling behandeln, der behauptet, er wäre Arzt, und mit irgendwelchen Medikamenten versorgen. Den wird er als nächstes überprüfen müssen. Aber immer der Reihe nach. Eins nach dem anderen. Nur nicht den Überblick verlieren.

Die Zugangskarte ist von Leidner ausgezeichnet vorbereitet worden. Nach Metalldetektor und weiteren Sicherheitskontrollen wird Schmidt bis auf den Plenarsaal Zugang zu den meisten Bundestagsbereichen gewährt.

Die Büros des wissenschaftlichen Dienstes liegen im Untergeschoss, in der Nähe der größten Parlamentsbibliothek der Welt. Schmidt nimmt in einem Wartebereich Platz.

Magda wird die Kinder abholen. Leni wird von ihrem Schultag erzählen. Isa wird man alles aus der Nase herausziehen müssen. Dann Geigenunterricht für die große Tochter, die Kleine wird sie vielleicht zum Spielen zu einer Freundin nach Tempelhof bringen. Magda wird den Nachmitttag nur mit dem Auto unterwegs sein. Schmidt schaut auf seine wunden Nagelbetten.

Praktikantin Esther hat eine randlose Brille auf ihrer spitzen Nase und einen schwarzen Pullover, der sehr fransig aussieht. Sie bringt den dritten Kaffee und stellt den Becher mit Bundesadler-Emblem auf den Tisch. Ein gut gemeintes Lächeln durchbricht die zusammengepressten Lippen.

„Mit Zucker?", fragt Schmidt.

„Mit Zucker", bestätigt Esther.

„Zwei Stück?", fragt Schmidt nach.

Esther drückt ihren Rücken noch weiter durch, presst die Lippen wieder zusammen und verlässt ohne Antwort den Raum. Es ist fünf Minuten nach zwölf.

Eine halbe Stunde später kommt die Praktikantin wieder und meldet, dass die Akten des Klienten bereits zur Prüfung in ein Abgeordnetenbüro überstellt wurden. Schmidt atmet tief durch. Die Lage erscheint unlösbar. In solchen Situationen ist Schmidt immer am besten. Jetzt läuft er zur Höchstform auf. Schmidt zögert nicht lange, reißt die Augen weit auf, fasst sich an den Kragen und lässt sich mit einer ruckartigen Bewegung vornüber fallen. Dabei bemüht er sich, den Kaffeebecher und einige lose Papiere von dem Tisch mit herunter zu reißen. Er muss sich kurz ein Lachen verkneifen, während er sich selbst röchelnde Atemgeräusche machen hört, ein bisschen wie eine erbrechende Katze. Lächerlich, denkt Schmidt, absolut armselig, aber ein wenig Overacting hat in solchen Situationen noch nie geschadet. Esther lässt auch prompt die Ordner herunterfallen und rennt raus. Schmidt schnappt sich den Zettel mit der relevanten Notiz, nämlich wo genau die Akten liegen, und stürmt aus der Wartezone, an einigen fragenden Augenpaaren vorbei, direkt zum Fahrstuhl.

Darin angekommen, muss Schmidt vor Aufregung furzen. Sofort verbreitet sich ein ekelhafter, saurer Gestank in der kleinen Kabine. Schmidt konzentriert sich, mit offenem Mund zu atmen. Ein siegessicheres Grinsen umspielt ihn.

Ihm kann hier keiner was. Er ist unbesiegbar.

Im Büro des Prüfausschusses im dritten Stock stellt sich Schmidt kurz als Mitarbeiter der Klimaanlagenfirma vor. Während er mit einem rasch aus der Tasche gezogenen Stromprüfschraubenzieher am Regler neben der Tür hantiert, furzt er geräuschlos in die Richtung des Schreibtisches. Wenige Momente später springt der Mitarbeiter unter würgendem Hustenreiz auf und verlässt den Raum.

Schmidt entfaltet mit routinierten schnellen Bewegungen eine zusammengeknüllte H & M-Tüte und lässt zwei Aktenordner vom Schreibtisch darin verschwinden. Jetzt abhauen.

Er hat es fast bis zur nächsten Sicherheitskontrolle am Ausgang geschafft, da klingelt sein zweites Handy. Ein Lichtschwertgeräusch aus den Star Wars-Filmen tönt laut durch den Flur. Anstatt auf lautlos zu schalten, fühlt sich Schmidt genötigt, den Anruf anzunehmen.

„Wo steckst du?" Die Frauenstimme klingt ungehalten.

Schmidt flüstert vertraulich: „Besprechung, kann jetzt nicht reden."

Sie wird energischer: „Dein Sohn hat ein anderes Kind in der Kita gebissen. Ich musste mir so viel Mist heute deswegen anhören. Malte braucht seinen Vater. Jetzt. Außerdem muss jemand einkaufen. Es ist keine einzige

Scheibe Käse mehr im Kühlschrank. Das Gartentor wolltest du auch reparieren ..."

Jule. Schmidt wird ganz warm ums Herz, er stellt sich ihr Gesicht vor, wie sich ihre Stirn in Falten zieht, die Grübchen an ihren Wangen, der wutrote Kopf.

„Ich kaufe ein und bin gegen halb fünf da", flüstert Schmidt in das Handy.

Emotionslos mustern ihn die beiden Sicherheitsbeamten und lassen ihn rasch passieren. Schmidt atmet die frische Luft ein und zerrt an seinem Rollkragen. An seinem Handgelenk baumelt die H & M-Tüte. So kann er die Akten nicht übergeben. Auf dem Kudamm kauft er einen Aktenkoffer, steckt die beiden Ordner hinein. Dann geht er in den nächsten Supermarkt. Jules Einkaufsliste hat er im Kopf. Magda schickt ihn nie zum Einkaufen, dafür hat er sich bereits oft genug erfolgreich dumm angestellt.

Magda und Jule haben sich noch nie getroffen. Im besten Fall wird das auch in den nächsten Jahren so bleiben. Schmidt hat Gefallen daran gefunden, seine beiden Familien so zu lieben, wie er und wann er es für richtig hält. Für ihn sind sie zwei Schrebergärten, die er hegt und pflegt und bestens kontrolliert. Denn Schmidt ist ein eiskalter, talentierter Meisterlügner. Nie ist er bisher nachlässig geworden, er hält eine Fülle von Details in seinem Kopf, vergisst und verwechselt keine wichtigen Fakten. Er jongliert mit seinem Lügengebäude und seinen beiden

Leben wie ein Artist im Zirkus mit Bällen. Oder eher Fackeln, für den Kick. Die permanente Anspannung setzt ihm zwar zu, das merkt er inzwischen, aber gleichzeitig braucht er auch diesen ständigen Adrenalinstrom als Reiz. Schmidt kann niemals Nein sagen, er hat es perfektioniert, den sich aufopfernden Familienvater für seine Frauen und Kinder zu spielen, ständig unterwegs und kaum zu Hause, aber alles selbstverständlich und uneigennützig für die Familie.

Für welche auch immer …

Schmidts Eingeweide krampfen sich in einem gürtelförmigen Schmerz zusammen. Ihm ist gleichzeitig heiß und kalt. Im Supermarkt reißt er in einer ruhigen Ecke ein Fertigsandwich auf und stopft es zusammen mit einer Dose Eiskaffee in sich hinein. Schnell verschwindet der kalte Schweiß, das Zittern. Er hat Jules Einkaufszettel fast abgearbeitet. Ingwer fehlt ihm noch. Schmidt muss sich etwas beeilen. Soll er den Ingwer einfach weglassen? Nein. Keine gute Idee. Das wird Jule ärgern. Die Gemüseabteilung liegt in der Nähe der Kasse. Aus den Augenwinkeln hat er die Kassenschlangen im Blick, um schnell fertig zu werden. Er befingert die Ingwerknollen. Da regt sich plötzlich etwas. Schmidt reagiert blitzschnell und duckt sich unter die Gemüseablage.

MAGDA. Da steht sie an der Kasse. *Was zum Teufel macht die denn in diesem Stadtteil?* Vermutlich lag der Supermarkt auf dem Weg beim Abliefern der Töchter.

Für den Laden-Azubi sieht es aus, als sei er vor dem Gemüse gestürzt oder ausgerutscht, sofort kniet er sich zu Schmidt, der inzwischen unter die Auslage gerollt ist und Magdas Beine beobachtet.

„Verschwinde!", zischt Schmidt. Der hilfsbereite Azubi begreift nicht. Schmidt fummelt einen Fünf-Euro-Schein aus der Tasche, zischt wieder „Verschwinde" und lässt den Azubi mit dem Trinkgeld abziehen. Magdas Beine nähern sich, sie wühlt scheinbar im Gemüse, füllt etwas in eine Tüte. Ihre Beine wenden sich zum Gehen, halten inne. Schmidt hält die Luft an. Sein Koffer steht noch vor der Gemüseablage. Magdas Füße bewegen sich nicht. Dann ihre Stimme: „Hier steht ein herrenloser Alu-Aktenkoffer beim Gemüse!"

Ein Raunen, Getuschel, das Wort Bombe fällt. Es hilft ja nichts, Schmidt muss handeln, also rollt er sich mit Schwung unter dem Gemüseablagetisch hervor. Magda starrt ihn entgeistert an. Schmidt stößt ein kurzes „Alles unter Kontrolle" in die Menge, nickt der fassungslosen Magda zu und rennt, ohne seine Einkäufe zu schnappen und eine Reaktion abzuwarten, mit dem Koffer aus dem Supermarkt.

Jule steht an der Türschwelle und schüttelt schon von Weitem den Kopf. Malte hält sich mit links an ihrem Bein fest und fuchtelt rechts mit einem Pappschwert. Schmidt stellt die andernorts gekauften Lebensmittel in das Treppenhaus, und obwohl er weiß, dass er aus dem Mund ekelerregend riechen muss, küsst er Jule überschwänglich, greift ihr an den Hintern und wartet, bis er wie beim Rodeo von ihr abgeschüttelt wird, was gewissermaßen sofort der Fall ist. Im Flur hängt ein schwarzer Anzug mit Fliege, in Plastikfolie verpackt. Jule wischt sich demonstrativ den Mund mit ihrem Handrücken ab, während Schmidt den kleinen Jungen auf den Arm nimmt und sich von ihm mit dem Schwert auf den Kopf hauen lässt.

„Kannst du mir mal erklären, was das hier zu bedeuten hat?", fragt Jule und zeigt auf den Anzug.

„Ich muss heute Abend noch auf den Bundespresse-Ball, einen Klienten treffen."

Jules Miene verfinstert sich. „Das ist jetzt nicht dein Ernst, so kann das nicht weitergehen! Du warst letzte Nacht auch schon auf der Arbeit. Wann bitte kommst du heute nach Hause?"

Schmidt räuspert sich. „Wenn ich diesen Auftrag durchziehe, verdienen wir ruckzuck einen ganzen Batzen Geld."

Jule bekommt rote Flecken an Hals und Wangen: „Die Leier kenne ich schon. Das sagst du immer. Also ist mit dir vor morgen früh wieder nicht zu rechnen?"

Schmidt schweigt sich aus. In der Zwischenzeit läuft permanent der Vibrationsalarm seines zweiten Handys.

Magda lässt nicht locker, es klingelt weiter.

„Da rufe ich später zurück", sagt Schmidt hastig, setzt seinen Sohn auf den Boden und verzieht sich mit dem schwarzen Anzug ins Bad. Neben dem Spiegel hängt das Bild vom letzten Urlaub mit Malte und Jule in Portugal. Für Magda war er da auf einem Kongress. Wie jedes Jahr. Andere bemühen für diese organisatorischen Meisterleistungen sogar Agenturen. Büros, die gegen Honorar in Städte fahren, Tankquittungen und Hotelrechnungen sammeln und perfekte Alibis erschaffen. Schmidt ist stolz, dass er auf diese Dienste bisher nicht zurückgreifen musste. Bei ihm ist alles selbstgemacht. Er versteht sein Handwerk. Das haben andere vor ihm auch schon geschafft. Der berühmte Pilot Charles Lindbergh hatte neben seiner Familie in den USA noch eine Schattenfamilie mit Frau und drei Kindern in Deutschland. Ein Schwarzweißfoto von Lindbergh hängt in Schmidts Arbeitszimmer. Magda denkt, er interessiere sich sehr für Geschichte.

Zum Duschen bleibt keine Zeit. Schmidt wirft sich eine Hand voll Wasser ins Gesicht und kämmt sich die längeren, etwas fettigen Haare nach hinten. Er betrachtet sich im Spiegel und ist erstaunt, wie sehr ihn der Anzug verändert. Er selbst fühlt sich verkleidet. So wird er auf dem Bundespresseball den Abgeordneten treffen und ihm die Akten überreichen können. Eine Akkreditierung hat er in der Tasche.

Jule hat Kaffee und Kuchen bereitgestellt, er bekundet Freude darüber, stopft sich im Stehen rasch ein Stück in den Mund und schüttet eine Tasse Kaffee hinterher. Malte schaut seinen Vater an. Schmidt küsst ihn auf die Stirn und sagt: „Ich habe mich nur etwas verkleidet."

Jule hat feuchte Augen, als Schmidt wortlos bedauernd die Schultern hochzieht und sich mit einem flüchtigen Kuss auf die Wange wieder verabschiedet. Er muss ihr wieder einmal einen Blumenstrauß mitbringen.

Bundespresseball. Das Hemd juckt. Vielleicht weil es neu ist. Es liegt steif auf der Haut wie ein Brett.

Dieter Bohlen steht neben ihm an der Bar. *Ist er es wirklich?* Ja, Schmidt erkennt seine schnarrende Stimme. Veronica Ferres. Viele hier hat Schmidt schon mal im Fernsehen gesehen. Magda wüsste jetzt sicher die Namen aller prominenten Gäste.

Der Abgeordnete nimmt den Aktenkoffer entgegen, reicht ihm einen Umschlag und nickt über Schmidts Schulter hinweg. Zwei Personenschützer packen Schmidt an den Schultern und schieben ihn unglaublich schnell und bestimmt zu einem Seitenausgang. Nachdem sie sich vergewissert haben, dass niemand in der Nähe steht, schubsen sie ihn mit Anlauf die Treppen hinab in einen Hinterhof. Schmidt räuspert sich laut. Da fällt ihm ein, dass Magda und Jule beide beklagt haben, wie sehr sie sein viel zu häufiges Räuspern nervt. Zwanghaft, hat Magda gesagt. Ein blöder Tic, meinte Jule. Was soll er machen? Da ist irgendetwas in ihm, was nicht raus kann, darf oder will. Also räuspert er sich in Stresssituationen. Ihn selbst stört es nicht.

Die kühle Nachtluft gefällt Schmidt, dann folgt aber der harte Aufprall. Prickeln am Körper. Die Lippe schmeckt nach Eisen. Er ist genau neben einer toten Ratte gelandet. Der süßlich-stechende Geruch der Verwesung steigt ihm in die Nase und klebt sich an den Sinneszellen fest. Für einen Augenblick denkt Schmidt, dass sich die Schnurrhaare der Ratte noch bewegen. Aber dann sieht er, dass ein Haufen kleiner weißer Maden in den Körper eingezogen ist. Durch ihr Gewimmel versetzen sie das tote Tier in eine leichte Vibration, während sie es von innen auffressen. Schmidt wundert sich, wie schnell die Maden die Ratte zerlegen, wie schnell sich alles auflösen kann.

Schmidt dreht sich auf den Rücken und wischt sich die Lippe mit dem Ärmel ab. Jetzt ist der Anzug sowieso hinüber, alles nass und voller Straßendreck. Die Temperaturen fallen wieder rapide unter null. Der Mond scheint in dieser Nacht hell, ist aber wolkenverhangen. Unter dem silbernen Ball ist noch ein heller Strich zu sehen.

„Das muss dieser verdammte Komet sein", denkt Schmidt, rappelt sich auf und klopft den Anzug ab. „Sieht aus, als grinse er." Während er zur U-Bahn läuft, dreht er sich mehrmals um. Der strahlende Mond und der seit Tagen immer heller werdende Kometenschweif fühlen sich für Schmidt an, als würde er von einem Beobachtungsscheinwerfer verfolgt. Intuitiv denkt er an seine Geheimnisse. „Beruhige dich, Schmidt", murmelt zu sich selbst. Er hat alles unter Kontrolle. Nur wenn ihm etwas passieren würde, oder er ohnmächtig in ein Krankenhaus käme, dann könnte alles auffliegen, dann würden die Geheimnisse die Macht über seine weitere Zukunft übernehmen.

Am Eingang zur U-Bahn steht ein junger blonder Kerl durchgefroren auf einer Holzkiste und liest lautstark aus der Bibel vor. Es ist immer der gleiche Abschnitt, Lukas 21, Vers 11: *„Es wird gewaltige Erdbeben und an vielen Orten Hungersnöte geben, dann wird auf einmal alles Leben still stehen und am Himmel wird man gewaltige Zeichen sehen."*

„So ein Quatschkopf", denkt Schmidt.

In seiner Stammkneipe „Zur alten Renate", gibt es nur einen Tresen, die einzige andere Sitzgelegenheit ist das Klo. So erklärt es die Inhaberin, von allen nur *Rehbeinchen* genannt, denen, die nachfragen. Rehbeinchen hat einen gewaltigen Busen, kurze dicke Beine und immer rote Wangen vom Lambrusco. Pro Abend tankt sie ein bis zwei Flaschen des roten süßen Schaumweins. Geteilt wird nicht. Ansonsten ist die Getränkeauswahl übersichtlich: Pils und Korn, an hohen Feiertagen Cognac.

Schmidt wird von der anderen Stammkundschaft nur kurz beäugt. Wie er da so im verdreckten Leihanzug mit herunterhängender Fliege dasteht, gibt er schon ein komisches Bild ab. Außer einem kurzen „Mensch Schmittii", kommt aber keine große Reaktion. Die meisten Gäste sitzen hier schon länger als zwölf Stunden. Die schockiert nichts mehr. Die acht Trinker rücken wortlos auf und gewähren Schmidt einen Platz am Tresen.

Schmidt haucht ihr zu: „Rehbeinchen, mach mir doch mal ein Glas mit Cognac voll!"

Die alte Bardame hustet, zieht die Nase hoch, nimmt einen Schluck Lambrusco und sagt: „Mensch Schmidtchen, was gibt's zu feiern? Du weißt, Maria Crohn is' nur für besondere Anlässe."

Schmidt fühlt nach dem Umschlag in seiner Brusttasche. Erst zögert er, dann fummelt er unter der Jacke einen Schein aus dem Umschlag heraus und haut ihn, nicht ohne Stolz, auf den Tresen.

„Nu mach mal allen ein Glas mit Cognac voll", widerholt er mit Gönnerstimme. Kaum liegt der Schein auf dem Tresen, hat ihn Rehbeinchen schon geschnappt.

Dass er einen Hunderter hingelegt hat, merkt er jetzt erst. Das wollte er gar nicht, kann er jetzt nicht mehr zurücknehmen. Die Stammkunden lassen ein anerkennendes heiseres Raunen hören.

Sechs Kaffee und ein Cognac. So ein Wahnsinn. Und wenn jetzt noch Magda aufwacht, wird sie Fragen haben. Dann muss er mitten in der Nacht den Supermarkt-Zwischenfall noch plausibel erklären.

Schmidt steht in der kleinen Speisekammer seines schicken Hauses mit der hohen monatlichen Tilgung, reißt den kleinen Beutel hastig auf und leckt gierig das weiße Pulver von seiner Hand. Der Magen brennt. Backpulver ist jetzt die Rettung.

Aber das Pulver schmeckt nach Vanille. *Vanillezucker*. Alle Beutel Vanillezucker. Schmidt flucht und stößt laut scheppernd noch mehr leere Flaschen um. In der Etage über ihm rumort es. Das Backpulver ist verbraucht. Das zweite Handy vibriert in seiner Hosentasche. Jule ruft an. Gleichzeitig brüllt Magda aus dem Schlafzimmer nach ihm. Schmidt pustet etwas Vanillezucker von seinem Ärmel, räuspert sich und hält sich den Magen. Ein starkes Stechen, ein plötzliches, hinterhältiges und schmerzhaftes Druckgefühl breitet sich in seiner Brust aus und setzt sich kribbelnd in sein Kinn und seinen linken Arm fort. Ihm wird schwindelig.

Genau in diesem Moment erkennt Schmidt die Wahrheit. Er begreift plötzlich, dass er nach allem, was er erreicht hat, nach seinem ganzen ewigen rastlosen Dauerlauf, nach allem, was er mit seinen 46 Jahren in seinen zwei Leben bereits geschafft und möglicherweise auch zum Guten gewendet hat, eigentlich nur noch eine Hürde überwinden muss: sich selbst.

Bevor er das Bewusstsein verliert, verzieht sich im Dunkel der Speisekammer sein Mund zu einem schiefen Lächeln.

„O, Nacht! Ich nahm schon Kokain,
Und Blutverteilung ist im Gange.
Das Haar wird grau, die Jahre flieh'n.
Ich muß, ich muß im Überschwange
Noch einmal vorm Vergängnis blühn."

Gottfried Benn

7. *Bevor wir verglühen*

Stille Nacht. Autofahrt durch die fast leeren Straßen Berlins. Die Laternen sind alle aus.

Heilige Nacht. Er ist schick angezogen. Ein paar Häuser weiter fallen Schüsse.

Alles schläft. Vorbei am Reichstagsgebäude. Tiefes Summen der Transformatoren an den Hochspannungszäunen.

Einsam wacht. Paul wartet. Er hat ihn mitten in der Nacht angerufen.

Sein Name ist Falk. Er hält das Lenkrad fest in seinen Händen. Er hat noch seinen grauen Festtagsanzug an. Auf dem weißen Hemd sind Rotweinflecken. Alles zerknittert. Vom Glück besudelt. Er riecht nach Weihnachten: Schokolade, Kekse, Tannennadeln. Er hört: Kinderlachen. Rascheln von Geschenkpapier. Noch mehr Kinderlachen. Er spürt: ein durch den Ofen aufgeheiztes Wohnzimmer. *Sein Kopf ist ein Fotoapparat.* Der 24. Dezember. Dieser Heilige Abend. Falk ist betrunken. Sein Herz schlägt viel zu schnell.

Die Bilder sind noch ganz frisch, kaum Minuten alt: Falk und diese Familie, die die Welt so lange umarmen möchte, bis sie erstickt. Seine ehemalige Frau Rieke und ihr neuer Freund Carl, die ihn am liebsten nicht gehen lassen wollen.

„Überleg dir das doch bitte nochmal, musst du wirklich jetzt Hals über Kopf weg? Du weißt doch, was zurzeit da draußen los ist!"

Sie steht an der Tür, ihr rotes Kleid und ihre Frisur sitzen perfekt. Die Ohrringe glänzen silbrig. Die Fingerspitzen ihrer Hände berühren sich, wenn sie redet. Öffnen und schließen sich, verlegen bei jedem Wort. Als ob sie ein weiches, pulsierendes Lebewesen in ihnen versteckt hält.

„Irgendwie fühlt es sich so an, dass ich jetzt unbedingt los muss. Ich hab' dir das erklärt."

Rieke schaut Falk fest an, kann seinem Blick, der so viel Entschlossenheit erkennen lässt, dass sie sich fast ein wenig erschreckt, aber nicht standhalten. Carl lehnt im Türrahmen und versucht, betroffen zu wirken, aber eigentlich kann er sich nur mühsam ein Grinsen verkneifen. Seine ganzer Körper scheint zu sagen, mit jeder Geste signalisiert er: *Das ist mein Reich. Ich bin der Sieger. Ich pisse hier die Reviergrenzen ab.*

Jetzt stehen da Luisa und Klara, Falks Töchter, die sich an seiner dunklen Hose festklammern und völlig aufgedreht sind.

Seine Frau sagt: „Warte", und verschwindet in der Kellertür. Falk zieht sich seinen grauen Mantel an. Er steht schon vor der Tür, knöpft ihn zu, denn die Luft ist schneidend kalt. Einzelne Schneeflocken wirbeln im Kreis, werden über die Türschwelle ins Haus geweht. Das Licht aus dem Flur scheint weich und sanft auf ihn.

Louisa schaut ihren Vater mit großen Augen an. „Wo gehst du jetzt hin Papa?", fragt sie traurig. „Ich gehe los, um jemanden zu suchen", antwortet Falk. „Wen suchst du, Papa?"

Luisa steckt sich den Fuß einer Playmobil-Figur in den Mund.

„Er sucht den Weihnachtsmann", beantwortet Klara kurzerhand die Frage. Falk nimmt die Mädchen auf den Arm, steckt seine Nase in ihre Haare und saugt den Duft ein.

„Nein, ich muss zu Onkel Paul." Das genügt als Antwort. Die Mädchen strampeln sich frei und verschwinden wieder im Wohnzimmer.

Rieke hüpft barfuß in den Flur zurück und drückt Falk einen in Geschenkpapier eingewickelten Blechzylinder in die Hand.

„Hier, bring das Paul von uns mit, und wünsche ihm Frohe Weihnachten, ja?"

Dann nimmt sie Falk in ihre Arme und drückt ihn fest an sich. *Aufenthaltsflimmern.*

„Pass bloß auf dich auf."

„Ja."

Es sind häufig die Abschiedssätze, die, wenn sie richtig gewählt werden, ihre Begegnungen noch am Ende wertvoll wirken lassen.

Oder ist es nur der Vorgeschmack der Erleichterung, die nach dem Abschied eintritt?

Während Falk mit einer Hand das Lenkrad umklammert, und der Wagen mit 100 Stundenkilometern die kalte Nachtluft zerschneidet, reißt er das blaue Geschenkpapier von dem Blechzylinder. Ein Whisky kommt zum Vorschein. Er klemmt sich die Verpackung zwischen die Beine und zieht die Flasche heraus. Ein 1979er Single Malt. Erst legt Falk die Flasche auf den Beifahrersitz. An einer Ampel hält er und nimmt sie doch wieder in die Hand. Einige Kinder, die Feuerzeuggas aus Plastiktüten inhalieren, stolpern high über die Kreuzung.

Falk prüft seine Fingernägel und reibt ein wundes Nagelbett am rechten Ringfinger. Es liegt ein leichter Parfümgeruch im Auto. Das Eau de Toilette auf seiner Haut ist das Weihnachtsgeschenk von Rieke. Seiner Frau, Ex-Frau, ehemaligen Frau. Er hat sich noch nicht daran gewöhnt, dabei sind sie schon ein Jahr getrennt.

Er schnuppert an seinem Arm. Jetzt, da sich der kräftige Geruch im Wagen hält, freut sich Falk doch ein wenig darüber. Er selbst hat ihr einen digitalen Bilderrahmen geschenkt. Silberner Rand, zwei Gigabyte Speicherplatz, jedoch vollkommen leer. Er konnte sehen, dass sie nach dem Auspacken des Geschenks irgendwelche Fotos darauf erwartet hatte. Etwas Herzliches, Persönliches. In ihrem

Blick konnte Falk erkennen, dass der freudige Ausdruck gezwungen wirkte. Im weiteren Verlauf des kurzen Abends stand der Bilderrahmen auf dem Wohnzimmertisch und zeigte lediglich ein blaues Testbild, wofür sich Falk dann noch mehr schämte.

Das Eau de Toilette hat eine holzige bis moosige Kopfnote. Der Hersteller hat damit Naturverbundenheit, Abenteuerfreudigkeit und männliche Entschlossenheit als prägende Charakterseiten zum Ausdruck bringen wollen. Die Herznote riecht nach Bergamotte mit Citrus-Aromen und erzeugt einen bleibenden glatten Eindruck. Glatt wie frisch rasierte Haut oder ein makelloser Teint. Die Fußnote bildet den erdigen, ledernen, animalischen Abschluss. Castoreum, aus der Analdrüse des Bibers, oder Ambra, ein Ausscheidungsprodukt aus dem Dickdarm von Pottwalen, können diesen Geruch in Parfums erzeugen, wenngleich diese Substanzen heute aus Kostengründen nur noch selten verwendet, sondern bevorzugt synthetisch hergestellt werden. Falk hat das recherchiert. Es ist sein Job als Schriftsteller und Journalist, Dinge zu recherchieren.

Unmittelbar nach dem Anruf seines Bruders Paul hat sich Falk auf die Toilette zurückgezogen und bei Wikipedia die Seite über Parfüm gelesen. Dabei hat er nachgedacht.

Das Thermometer zeigt minus sechs Grad an. „*Berlin, du alte kalte Hure*", denkt Falk, klappt seinen Kragen nach oben und nimmt einen tiefen Schluck. Die 40 Jahre alte Flüssigkeit läuft in seinen Mund und brennt sich ihren

Weg den Hals herunter. Das Jahr 1979 schmeckt braun, nach muffigem Cordbezug, Spiegelei auf Brot, Kohlenofen und Zigarettenrauch. Musik von Frank Zappa: *Don't be a naughty Eskimo. Save your money, don't go to the show.*

In seiner Vorstellung von den Siebzigern schnallen sich die Menschen als Ausdrucksform ihrer persönlichen Freiheit im Auto nicht an. Jeder darf rauchen, überall. Männer trinken auf Partys zu viele Obstschnäpse aus kleinen Kristallhenkelgläsern und fangen an, mit fremden Weibern rumzuknutschen, wenn ihre Ehefrauen gerade nicht hinschauen. So in etwa wird es gewesen sein. Nach zwei weiteren Schlucken legt er die Flasche weg und fühlt sich kurz besser.

Und warum fährt er jetzt, in der dunkelsten Nacht dieses Jahres, durch diese schwarzweiße, knochenfarbene Stadt? Falk muss sich den Grund dafür wie ein Mantra immer wieder selbst laut vorsprechen, um es zu begreifen:

„Weil mein Vater gestorben ist."

Obwohl die Heizung in Falks Wagen auf höchster Stufe läuft, friert der Ärmel seines Mantels von innen an der Scheibe der Tür fest. Es herrscht eine Jahrhundertkälte, an der immer wieder Menschen sterben. Überall ist Verkehrschaos. Die kalte Luft drängt mit aller Macht in jeden warmen Raum, der sich ihr in den Weg stellt. Im Fernsehen haben sie gesagt, dass jeder Mensch die Augen schließen, und sich etwas Warmes vorstellen soll. Die Autosuggestion würde zu messbaren Ergebnissen führen. Die Haut würde dann tatsächlich wärmer werden.

Wie können sie das behaupten? Warme Gedanken gegen das Elend und die Kälte? Als die nächste Ampel auf Grün schaltet und zwei Sekunden ungenutzt verstreichen, probiert Falk es aus. Vielleicht haben sie ja doch Recht. Der Motor heult auf, und die Reifen drehen kurz auf der vereisten Straße durch. Während er das Gaspedal ganz durchtritt, schließen sich die Lider wie kleine Markisen vor seinen Augen. Das Lenkrad vibriert. Er spürt das Zittern des Wagens, das sich auf seine Unterarme ausbreitet.

Eins. Falk stellt sich einen glühenden Ball vor. Neben ihm ein wütendes Hupen. Er krallt seine Finger fester um das Lenkrad.

Zwei. Der Feuer speiende Ball rast auf sein Gesicht zu. Durch die Automatikschaltung wird der ganze Körper in den Sitz gepresst.

Drei. Falk stellt sich vor, wie ihn die glühende Kugel frontal im Gesicht trifft und wünscht sich, er könnte sein Leben wie eine tragbare Festplatte in die Hand nehmen und aus den zahlreichen Sicherheitskopien nur die ganzen schönen Momente wieder aufrufen, einfach bei der letzten guten Speicherung weitermachen.

Vier. Wie von alleine schnellen die Augenlider nach oben, und er tritt kurz vor der Kurve in die Bremse, hinter ihm schalten mehrere Ampeln nacheinander auf Grün. Die Reifen haben schöne schwarze Linien in den weißen

Schnee gedrückt. Auf seiner Stirn sieht Falk im Spiegel Schweiß.

Aber kalt ist ihm immer noch.

Falk drückt auf dem Radio herum, Klassische Musik, Diskobässe, der Rest von den Nachrichten. Alles nervt ihn. Nichts passt wirklich zu seiner Stimmung.

Der Nachrichtensprecher sagt, dass an der Absturzstelle einer Passagiermaschine irgendwo in Spanien neue Beweise gefunden worden seien. Ein Abschuss kann nicht mehr ausgeschlossen werden.

Der Komet ist immer weniger sichtbar und wird bald verglühen.

Ein kurzer Schauder läuft Falk über den Rücken, und er dreht sich reflexartig zum Rücksitz um. Doch da liegen nur sein kleiner Rucksack und der Briefumschlag, in den er wenige Minuten zuvor seine gesamten Ersparnisse gesteckt hat. Der Geldautomat hat ein handliches Bündel ausgespuckt.

Über die Allee der Kosmonauten erreicht Falk den Ort, an dem sein Bruder Paul wohnt. Eine vertikale Stahlbetonstadt. 35 Stockwerke und 3500 Bewohner. Obwohl sie das Ding erst vor fünf Jahren gebaut haben, sieht es aus, als wäre es schon 50 Jahre alt. Ekelhaft und verwohnt. Der Fahrstuhl riecht nach Pisse und fährt so schnell nach oben, dass Falk mehrmals schlucken muss, um den Druck aus den Ohren zu bekommen. Als er das letzte Mal in diesem Gebäude war, ist er auf der falschen Etage ausgestiegen.

Damit die Menschen nicht verrückt werden und sich verlaufen, wurden die Flure in unterschiedlichen Farben gestrichen. Unnatürliche grelle Farben, die nicht vorhandene Lebensfreude heucheln sollen. Die Geräusche sind aber auf jeder Etage gleich. Da ist der Ton eines herab sausenden Rollladens. Ein wütendes, ungeduldiges Geräusch. Dünne Wände und Decken. Das Husten, das Stöhnen über und unter dem Kopf, wenn sie abends im Bett liegen. Neben ihnen, unter ihnen. Langes und gemächliches Plätschern in eine Toilettenschüssel bei den Männern. Rasches Zischen, wenn es eine Frau ist. *Gespräche, Streit, Geschlechtsverkehr.* Die Menschen teilen es hier miteinander. Kleine Schicksalsparzellen. Auf dem Flur senken sie betreten das Gesicht, obwohl sie abends und nachts das Stöhnen des Anderen durch die Wände besser kennen als ihre eigenen Geräusche. Eine Stadtwelt, die immer weiter wächst, die Wände werden immer dünner. Der Abstand wird geringer.

Die Flure sind mehr als 100 Meter lang, aber das Gebäude hat keine Kanten, es hat die Form eines hastig dahin geschmierten S. Wenn Falk also durch die Korridore rennt, macht der Gang immer eine dezente Biegung, so dass er nie genau sehen kann, was ihn dahinter erwartet.

Endlich steht er vor der richtigen Tür. Er klopft. Wartet. Raschelnde Geräusche am Riegel. Die Tür geht auf, und ein muffiger Geruch schlägt ihm entgegen. Die beiden Brüder schauen sich an.

Dass Paul fünf Jahre jünger ist als Falk, kann man nicht erkennen. Beide sind groß, dunkelblond, mit kräftigen breiten Schultern und dem Kinngrübchen des Vaters. Paul hat Gesichtszüge, die aussehen, als würden sie sich über das Meiste im Leben nicht mehr wundern. Er kennt die Welt, ist weit gereist, kennt Menschen auf allen Kontinenten, die er als seine „Freunde" bezeichnet. Falk war immerhin schon einmal auf Mallorca.

Am Weihnachtsabend hatte man den Vater leblos im Bett seines Appartements in Phuket aufgefunden. Paul und Falk sehen sich aus diesem Anlass nach einem Jahr zum ersten Mal wieder. Kein Grund zu heulen, vielleicht aber auch kein Grund zu feiern.

Falk sagt: Fröhliche Weihnachten. Paul rührt sich eine kurze Weile nicht vom Fleck, wie eine Eidechse, der zu kalt geworden ist. Er kratzt sich am Kopf und murmelt: „Die Schweine haben schon wieder meine Fußmatte geklaut."

Pauls Augen sind grau umrandet und tief liegend. Sein Badezimmer sieht aus wie ein Chemielabor, neben der Toilette stehen kleine Kanister mit Natronlauge, Äther und Säure.

Im Vorbeigehen wirft Falk einen Blick auf Pauls Bett. Dort liegen unzählige Zeitschriftenstapel und Kisten mit Schallplatten. Es ist eher eine Ablagefläche für Paul, kein Bett. Er hat mit Sicherheit schon wieder seit Tagen nicht geschlafen. Paul mag den Schlaf nicht, er wehrt sich gegen ihn und hasst das Gefühl, dass ihm der Schlaf und die Müdigkeit wertvolle Lebenszeit stehlen wollen.

Falk wirft sich auf die durchgesessene Couch. Wortlos stoßen sie an und trinken den alten Whisky. *Schweigen.*

Paul wohnt schon viel zu lange in diesem Block. Er ist ein Hobby-Hacker, seine eigentliche Welt sind Computer. Wenn er richtig betrunken ist, kann er in Melodien aus Binär-Codes sprechen. Seine Augen sind zu Abtastorganen für Bildschirme geworden, deshalb trägt er eine klobige Brille, wie aus den Fünfzigern. Seine Haut ist blass, weil er kaum rausgeht. Paul kennt Dinge, von denen Falk noch nie gehört hat, er sprudelt ständig über vor kreativen Einfällen. Seine Wohnung ist das Spiegelbild seiner selbst. Manisch, genial, verrückt. An allen Wänden hängt irgendein Substrat oder Produkt seines sorgfältig gepflegten Irrsinns. Einige Stellen sind vollständig mit ausländischen Cornflakes-Verpackungen bedeckt. Dazwischen Zettel mit gekritzelten Notizen. Die weißen Türen sind mit übergroßen Space-Invaders und Donkey Kong-Stickern beklebt. Sein riesiger Schreibtisch ist chronisch unordentlich und mit unzähligen Computerbauteilen überhäuft. Drei große Bildschirme, die in Serie geschaltet sind, vermitteln den Eindruck einer mächtigen Schaltzentrale. Ein Lötkolben, der sich in einen randvollen Plastikaschenbecher eingeschmolzen hat, steht ziemlich nah an der Tischkante. Paul hat ein komplettes, selbstausgetüfteltes DJ-Soundsystem, dass er sein *Modern-DJ-Humpa-Humpa-Set* nennt, und das er noch nie irgendwo draußen benutzt hat. Zusätzlich hat er die größte Sammlung an Punk-Platten, die Falk je gesehen hat. Überall stehen Kisten mit Vinyl-Platten rum.

Andächtig schaut Paul auf die Wand gegenüber der Couch. Da läuft auf der weißen Fläche die Projektion von *Shining*. Jack Torrance sitzt in der großen, leerstehenden Lobby des eingeschneiten Overlook Hotels und hackt wie irre Sätze in die Schreibmaschine.

Paul stellt sich hin, streckt sich und stapft auf und ab, zieht intensiv an einer Zigarette und pustet den Rauch seitlich aus. Asche fällt auf den Teppichboden.

Die toten Zwillinge bitten Danny in der Lobby des Hotels, mit ihnen zu spielen: *Für immer für immer für immer*. Steadycam auf Blut im Fahrstuhl. Falk will das nicht sehen, sucht die Fernbedienung und schaltet um. Nachrichten: Bombendrohung am Frankfurter Flughafen, Terminal 1 komplett gesperrt, Schneechaos in Norddeutschland, ein Politiker vergewaltigt eine Prostituierte und erhält nur eine Geldstrafe, seine Anwälte kündigen aber dazu auch noch Berufung an. Eine kurze Meldung über das Verschwinden des Kometen nach sieben Monaten Sichtbarkeit am Himmel. Einige amerikanische und japanische Sektenanhänger, die glauben, es wäre ein Raumschiff gewesen und mit Tränen in den Augen „Nehmt uns mit" schreien. Am Bildrand läuft das Breaking News-Banner. Irgendeine Bande hat es am Vorweihnachtsabend geschafft, den Vorstandschef der Deutschen Bank zu entführen. Falk stellt den Ton lauter: Die

Kidnapper hatten gar nicht erst gewartet, bis er vor dem Haupteingang des Frankfurter Bankenkomplexes erschien, sondern hatten ihn am frühen Abend noch in seinem Büro überrascht, einen Sack über den Kopf gezogen und den Vorstandschef über den Hinterausgang im Keller verschleppt.

Wie das Opfer in einem Interview selbst berichtet, habe man ihm zwar Gewalt angedroht, aber er sei gut behandelt worden, in einem Lieferwagen habe er vier Stimmen unterscheiden können, mit Wiener Akzent, wie er betont. Es habe eine lange Fahrt gegeben. Dann Gänge, Trittschall, Echo, plötzlich nur Stille und entferntes Raunen. Als man ihm den Sack vom Kopf gezogen habe, sei er an einen Stuhl gefesselt gewesen, das habe ja dann jeder sehen können. Das Bühnenlicht habe ihn sehr geblendet, er habe sich zwar erschreckt, als er gemerkt hat, dass man ihn wohl foltern wolle, dann aber doch nicht geschrien, weil er das Weimarer Staatstheater wiedererkannte, hier sei er bereits einmal mit seiner Frau gewesen. Ein Sprecher erklärt, die Polizei habe alle Darsteller der Schilleraufführung vernommen, auch die Statisten, aber das Ganze habe erst mit erheblicher Verzögerung begonnen. Es sei sehr schwierig gewesen, den Entführten auf der Bühne zu erkennen. Die Angst wirkt gut gespielt für ein Folteropfer. Falk schaltet wieder um:

Irgendeine Talkshow. Ein Schönheitschirurg sagt: *„... ich bin nicht nur Psychologe, ich bin auch Künstler. Ich bin Michelangelo."*

Als Paul nach Berlin kam, ging es ihm wie vielen Anderen. Er erzählte Falk einmal, dass es sich für ihn anfühlte, als würde er wie ein Einwanderer, verlaust und abgemagert, nach wochenlanger Schiffsüberfahrt, auf Ellis Island ankommen und eine Aufenthaltsgenehmigung erhalten. *If I could make it here, I could make it anywhere!* Berlin, die Stadt der vielen Möglichkeiten, der große Mutterbusen, an den jeder mal ran darf. Über Umwege fand er eine Stelle, die wie gemacht für ihn schien: Paul wurde Hausmeister in einem der größten Hochhäuser der Welt, verantwortlich für eine Etage. Ein Job, der ihm viel Zeit lässt für seine Hackerjobs, mit denen er, glaubt Falk, sein eigentliches Geld verdient.

Als er Paul das erste Mal in diesem furchtbaren Betonmonster besuchte, ging er mit seinem Bruder auf das Dach. Falk war sehr verwundert, als er ihm nach einer langen Fahrstuhlfahrt schweigend ein kleines Gewächshaus auf dem Dach präsentierte. Mit dem passenden Exemplar seines dicken Schlüsselbunds öffnete er ein Vorhängeschloss, schob die Tür auf und machte einige Leuchtstoffröhren an, welche die kleine Plexiglashütte in flackerndes Licht tauchten. In seinem Blick lag eine Mischung aus Stolz und Unsicherheit. Wahrscheinlich war er der Erste, dem er das alles zeigte. Das Gewächshaus war vollgestellt mit mindestens 40 Topfpflanzen unterschiedlicher Größe. Paul erklärte Falk, dass er es alleine geschafft hatte, sämtliche Pflanzen, die von Mietern in Wohnungen vergessen, stehen gelassen, weggeschmissen oder durch Tod des Besitzers jeglicher Pflege entzogen wurden, aufzupäppeln und am Leben zu erhalten.

Wie er Paul da so stehen sah, grinsend, mit all seinen Topfpflanzen, musste er auf einmal an die Streicher denken, die auf der Titanic unermüdlich ihre Musik spielten, obwohl das angeblich unsinkbare Schiff den Eisberg schon längst gerammt hatte, in Schräglage immer weiter sank, und eigentlich jeder voller Panik versuchte, seine Haut zu retten.

Paul betreibt in dieser unmenschlichen Betonwelt also ein kleines Gewächs-Waisenhaus. Jede Pflanze erzählt eine andere Geschichte und steht für ein weiteres Schicksal in den zahllosen verwinkelten Gängen dieses Gebäudes, an dessen Wände irgendjemand nachts Wörter wie *„Menschenräuber"* quer über Türen sprüht.

„Mann, siehst du keine Nachrichten?", fragt Paul. „Die dritte Bombendrohung an Heiligabend. Das ist neuer Rekord. Letztes Jahr gab es nur eine für Frankfurt und den Anschlag in Hamburg. Die ganzen internationalen Flüge werden nach Paris und London umgeleitet. Wir werden hier nur ganz schwer wegkommen."

Während Paul auf dem Computer rumdrückt, geht Falk auf den Balkon und raucht. Sein Bruder wird es schon hinbekommen, die Flüge zu reservieren. Er muss es schaffen. Falk bläst den weißen Rauch in die Luft und kneift die Augen zusammen. So kann er fast bis zum Fernsehturm schauen. Die Lichter der Stadt verschwimmen dabei kurz und sehen aus, als ob die Farben Rot, Weiß

und Gelb auf einer schwarzen Malerpalette zusammenflie-
ßen. Der Wind heult und dringt wie feine Messer durch
sein Hemd. An der Balkonkante, an diesem Koloss von
einem Wohnhochhaus, sind die Fallwinde so stark, dass
die Asche seiner Zigarette beim nächsten Windstoß regel-
recht weggesaugt wird. Irgendwo hat er gelesen, dass Kinder nicht am Rand der Innenhöfe spielen dürfen, weil sie
sonst einfach weggeblasen oder weggesaugt werden. Falk
stellt sich vor, wie das wohl aussieht und bekommt Angst.
Schnell wirft er seinen Zigarettenstummel Richtung Balkonkante, wo er noch im Wurf plötzlich senkrecht 150
Meter nach unten gesaugt wird. Dieses Betongebäude ist
unheimlich. Viele Leute sagen, es ist ihr Zuhause. Paul
behauptet, es hat ein Eigenleben. Denn es ernährt sich von
den Schicksalen seiner Bewohner.

Sein Bruder ruft ihn. Schnell dreht er sich um, öffnet
die Schiebetür und ist wieder in der warmen Wohnung
mit dem vertrauten Geruch. Paul wedelt mit einem Zettel
und hat ein merkwürdiges Telefonbauteil in der Hand.

„Was ist das?", fragt Falk.

„Alter, das ist ein Akustikkoppler. Mein Nachbau vom
Road Warrior Telecoupler II, den habe ich vor Jahren
mal selbst zusammen gelötet. Das Teil erreicht Datenüber-
tragungsraten von bis zu 33000 Bit pro Sekunde. Pass auf:
Du steckst den Telefonhörer hier rein, das Teil ist sozusa-
gen das umgekehrte Gegenstück zum Hörer, und dann
kannst du dich akustisch ins Netz einwählen und praktisch
aus jeder Telefonzelle E-Mails runterladen!"

Da Falk wirklich nicht weiß, wie so etwas funktioniert, stößt er nur ein erstauntes „Wow" aus. Paul grinst wieder. Wortlos schmeißt er Falk einen Zettel entgegen. Sie haben einen Flug. Paris-Bangkok. In 16 Stunden.

Im Morgendunkel sammelt Paul sein Netbook und einige Kabel zusammen, stopft alles mit einer Thermoskanne Kamillentee in seinen Rucksack und schaut Falk müde an.

Ihre Reise beginnt.

Der Himmel ist grau und drückt wie eine Betonplatte schwer auf die Welt. Aus allen Menschen ist die Farbe herausgezogen worden, weil es in diesem verdammten Winter morgens, nachmittags und abends dunkel ist. Und weil es dazwischen nicht mehr richtig hell wird. Es existiert nur permanente Dunkelheit.

Neben dem Bahnhof wurden Notunterkünfte aufgebaut. Container mit kleinen Treppen davor. Die Schlangen sind hier enorm. Ein Mann, der wie Mitte 30 aussieht, gut gekleidet, schmutziges Hemd, teure Krawatte, steht mit seiner Frau und zwei Kindern am Ende der Schlange. Ein Banker? Seine kleine Tochter trägt er auf dem Arm. Das Mädchen weint und schmiert ihre laufende Nase am Anzug des Vaters ab. Der Frau des Mannes sieht man die Sorgen an. Sie sitzt auf einem silbernen Rimowa-Koffer und hat das Gesicht in ihren Händen vergraben, die French-Nails sind abgebrochen und schmutzig. Sie weint. Ihr Sohn stützt sich überdreht von hinten auf die Schulterblätter seiner Mutter. Während sie an ihnen vorbeigehen, hört Falk den Jungen fragen: „Mama, muss ich jetzt auch so viel weinen?"

Viele Züge haben Verspätung, aber der Schnellzug nach Paris ist pünktlich. Sie steigen in den Wagen der ersten Klasse ein. Die Gänge sind nass und schmutzig vom vielen Schnee. Ohne auf das Ticket zu schauen, nimmt Paul das erste leere Abteil und lässt sich auf den Sitz fallen. Falk setzt sich auf die gegenüberliegende Seite und schaut aus dem Fenster. Der Schnee rieselt als feiner, sauberer Puderzucker vom Himmel und gibt dem bereits schmutzig gewordenen Matsch auf dem Boden zumindest für kurze Zeit seine Jungfräulichkeit zurück. Lautsprecherdurchsagen erklingen, bis Köln vier Stunden, wenn keine Schneeverwehungen dazwischen kommen.

Später umsteigen in Köln. Wieder viel Polizei, Gebell von Spürhunden. Der Zug nach Paris ist schäbig. Als Falk auf die Toilette geht, findet er ein Gedichtfragment an der Wand. Er kennt es, eins von Gottfried Benn. In kleinen, fast fanatisch anmutenden Druckbuchstaben hat jemand etwas gegen die Wand rezitiert. Weil man Gedichte immer laut lesen muss, räuspert sich Falk, während er seine Hose wieder zuknöpft, und ruft mit fester Stimme aus, was an der dreckigen Wand steht: „*O Nacht! ... Ich muß noch einmal vorm Vergängnis blühn.*"

Falk schiebt das Fenster ein Stück herunter und schaut nach draußen. Wer will nicht vor'm Vergängnis noch einmal blühen? Was für ein Zufall. Nacht, und dieses Gedicht. Draußen flucht jemand auf Französisch. Falk entriegelt die Tür und schaut in ein wütendes Gesicht. Schnell geht er vorbei und in das Abteil zurück.

Falk kramt nach seinem Handy und versucht, seine Ex-frau anzurufen. Er hat das Bedürfnis, seine Töchter zu hören, bevor er wegfliegt. Es rauscht, es klickt, dann geht Louisa ans Telefon. „Falk, bist du das?" Seine ältere Tochter spricht ihn schon nur noch mit dem Vornamen an. Er soll ihr etwas mitbringen von seiner Reise. Es muss schön sein und idealerweise ein bisschen rosa, den Rest darf Falk selbst entscheiden.

Die Dame am Schalter von Air France, am Pariser Flughafen Charles de Gaulle, trägt an ihrem blauen Kostüm, passend zu diesem ersten Weihnachtsfeiertag, einen Button mit einem lachenden Rentier, dessen Nase rot blinkt. Ihr Namensschild sagt, sie heißt *Evelyne*. Das sorgfältig drapierte, aber jetzt nur noch herunterhängende Halstuch lässt zwei kreisrunde blaue Flecken am oberen Schlüsselbein durchschimmern. Sie starrt in die fast leere Halle, ihre Augen sehen müde aus. Das Make-up verleiht ihren Gesichtszügen die Maske, die sie für diesen Job braucht. Nagellack, Lippenstift und Lidschatten passen zu ihren graublauen Augen. In ein paar Stunden wird sie nach Hause gehen, in eines der Hochhäuser in der Banlieu, in den Plattenbausiedlungen vor Paris, sich hingeben, stillhalten, nichts mehr erwarten, eine Nembutal nehmen, vielleicht zwei, mit etwas Glück ein paar Stunden schlafen, um morgen wieder hier zu stehen. Ein bisschen

Angst, ein bisschen Routine, ein bisschen Feigheit – die Mischung kennt sie.

Ihr Blick sinkt zurück auf den Bildschirm.

Thailand. Der Traum vieler deutscher Rentner. Billige Unterkünfte, billiges Bier, günstige Pflege, immer Sonne, thailändische Freundlichkeit. Mit und ohne Happy End.

„Sie müssten die Tickets noch in bar bezahlen."

Sie lächelt kurz unsicher und enthüllt gelbe Zähne.

Falk greift in den Rucksack und zieht einige Scheine aus dem Bündel. Evelyne zögert für den Bruchteil einer Sekunde, wischt sich die Hände seitlich an ihrem Rock ab – und dann ist sie wieder da, ihre teilnahmslose Professionalität.

„Und jetzt?" Falk dreht sich zu seinem jüngeren Bruder Paul um. „Was machen wir heute Nacht?"

„Es ist Weihnachten, wir gehen zu Yves", sagt Paul.

Yves ist besonders groß. Seine Hände wirken dafür erstaunlich klein und filigran. Paul plappert wie ein Äffchen französische Wörter auf ihn ein. Falk versteht davon nur wenig und schaut sich in der WG-Küche um. Weihnachtsdekoration, Geschenkpapier auf dem Boden. Am Kühlschrank ein Aufkleber: „Traveling is the answer, who cares what the question is."

An den Wänden hängen jede Menge selbst gemalte Bilder und Collagen. Auf einem Holzbrett, dass schwarz gestrichen wurde, entdeckt er eine weiße Feinripp-Unterhose, die man hier fest getackert hat. Das Ganze sieht sehr plastisch aus. Darunter steht: *La revolte dans mon cœur*. Als er sich vorbeugt, um die Oberfläche zu berühren, fragt Paul: „Willst du Rotwein?"

Falk will. Zügig trinkt er zwei volle Gläser aus. Yves sitzt ihm in der WG-Küche gegenüber und schaut ihn belustigt an. Paul sagt etwas auf Französisch. Yves wird ganz ernst. Falk weiß, was Paul über ihn erzählt hat. Es geht um das Buch, das Falk geschrieben hat. Aber das ist schon wieder vier Jahre her. Seitdem kam nichts mehr nach. Paul macht sich mit seinem Bruder gerne wichtig.

Falk ist daraufhin verlegen und trinkt schnell noch einen Schluck. Als Yves ihn immer noch beobachtet, zuckt er mit den Schultern. Zum Glück schwenkt das Gespräch auf ein anderes Thema. Yves zeigt Paul Handyfotos von seiner Japan-Reise. Paul murmelt nur anerkennende „Wows" und „Krass" bis er schließlich bei einem Foto „What the Fuck" brüllt. Falk nimmt sich ein weiteres Glas Rotwein. Yves erzählt von einem Club. Paul ist plötzlich sehr begeistert. Beide gestikulieren wild. Anscheinend geht es auch um die letzten Anschläge in Paris. Draußen pfeift der kalte Wind an den Fenstern vorbei.

Falk nimmt sich, ohne zu fragen, eine Gitane aus der Schachtel auf dem Tisch und raucht drauflos. Es geht doch nicht um einen Club. Wohl eher ein geheimer Verein.

Schon nach dem ersten Zug kribbelt es in seinem ganzen Körper, das Nikotin umspült die Rezeptoren und hält ihn fest. Pauls Augen leuchten. Yves zögert und windet sich. Paul redet auf ihn ein. Falk sinkt immer tiefer in die Couch hinter dem Esstisch. Aus dem Radio kommt gedämpfte Musik aus den Vierzigern von einem Oldie-Sender. So eine *„Wird-schon-wieder-alles-gut-Musik"*.

Paul sagt wieder seinen Namen. Wird schon wieder alles gut.

„Yves nimmt uns mit zu seinem geheimen Club."

„Das klingt wie ein Kinderdetektiv-Verein."

„Es ist besser, ich erzähl es dir auf dem Weg …"

Während Paul auf der Toilette ist, schaut sich Falk Yves' Plattensammlung an. Er hat einige alte Raritäten. In einer speckigen, abgegriffenen Hülle findet er *Je t'aime* von Serge Gainsbourg. Das berühmte Orgasmus-Lied. Yves schaut zu Falk herüber und hält den Daumen hoch

„Very special!", sagt er. Und bedeutet ihm, das Cover umzudrehen. Es ist die seltene Version mit Brigitte Bardot, nicht mit Jane Birkin. Die Version, die verboten wurde und jahrelang nur auf dem Schwarzmarkt zu bekommen war.

„Heavy Petting in the Studio", sagt Yves in gebrochenem Englisch, also ohne das „H" wirklich zu sprechen.

Falk hat nie darüber nachgedacht ob der Orgasmus wirklich echt gewesen sein könnte? In seinem Kopf klingelt ein Telefon. Gunter Sachs, der Mann von Brigitte Bardot, ist dran: „Was hast du mit meiner Frau gemacht Serge?"

Serge: „Naja ich würde sagen, ich habe das Beste aus ihr herausgekitzelt!"

Gunter: „Du bist ein Schwein, Serge!"

Serge: „Oui."

Gunter: „Die Platte lass' ich verbieten!"

Serge: „Dann nehm' ich den Kram eben nochmal mit meiner eigenen Frau auf, bon?"

Gunter: „Bon."

Serge: „Au revoir."

Yves steht auf, klopft Falk auf die Schulter und legt den Finger auf seine Lippen. Falk soll den Mund halten, obwohl er noch gar nicht weiß, um was es geht.

Im Taxi erklärt Paul, dass sie ins sechste Arrondissement fahren. Yves zaubert eine Karte hervor und macht eine winzige Taschenlampe an. Ein Stadtplan von Paris liegt auf seinem Schoß. Sie beugen sich darüber, und während Yves mit dem Finger durch die Straßen rast, Häuser überspringt und über Grünanlagen fliegt, lehnt sich Falk zurück und atmet tief ein. Der Taxifahrer fährt wie ein Henker. Ihm wird etwas übel. Was macht er hier eigentlich?

Wird er seinen Vater in Thailand identifizieren müssen? Sicher wird er das. Falk fällt ein, dass er gar nicht genau weiß, wie sein Vater jetzt aussehen könnte. Fünf Jahre Rentnerdasein an Phukets Stränden könnten ihre Spuren hinterlassen haben. Hatte er zuletzt lange Haare? Wie hat er die Zeit verbracht? Ist er auf Full-Moon-Partys an den Strand gegangen und hat Drogen genommen? Hatte er zuletzt eine thailändische Freundin? Falk kann sich das alles überhaupt nicht vorstellen.

Das Taxi bremst scharf an einer Kreuzung, und Falk schluckt schnell den Rotwein wieder herunter, den er vorhin getrunken hat. Der Fahrer schimpft über den Verkehr, als sie über den Pont de Sully fahren und Falk einen kurzen Augenblick lang die Türme von Notre Dame sieht. Es staut sich vor dem Boulevard Saint Germain. Im Radio läuft *I kill her* von Soko. Yves zeigt auf kleine Symbole im Stadtplan. Der Schein der Lampe enthüllt ihre Form: kleine tanzende Mexikaner.

Vor einem Laden, der *Ding-Dong-Bazaar* heißt, hält das Taxi an. Yves gibt dem Fahrer Geld. Das Quartier Latin ist es nicht, aber es sieht so ähnlich aus. Kleine verwinkelte Gassen. Immer weniger Geschäfte. Der Geruch eines frisch angezündeten Joints. Falk und Paul klappen die Kragen ihrer Mäntel hoch, langsam hat sie der Schnee auch in Paris eingeholt. Die Luft riecht nach Frost. Paul und Yves laufen vor Falk und schauen angestrengt auf die kleinen vergitterten Kellerfenster der Häuser, die etwas unter Straßenniveau aus dem Bürgersteig ragen.

Plötzlich taucht auf Höhe des Bordsteins wieder der tanzende kleine Mexikaner auf. Der Sombrero ist etwas verwischt. Man sieht noch die kleine Umrandung der Schablone und die schwarzen Sprühdosenspuren. Wenn sie nicht nach ihm gesucht hätten, wäre er da unten unsichtbar geblieben. Yves klemmt sich seine brennende Kippe in den Mundwinkel und fummelt mit vom Rauch tränenden Augen am Gitter des Kellerfensters. Zu Falks Erstaunen lässt es sich einfach umklappen. Im nächsten Augenblick ist er auch schon verschwunden. Aus dem Dunkel des Kellerlochs glimmt seine Zigarettenspitze auf.

„Allez, Allez", ruft Yves aus der Tiefe, Paul schiebt seinen Bruder nach vorne. Er lässt es geschehen und gleitet mit den Füßen zuerst in das schwarze Loch. Yves packt ihn an den Schultern und richtet Falk auf. Paul kommt hinterher und verschließt den Schacht gewissenhaft von innen mit dem Gitter. Alles fühlt sich an wie in einem Traum. Das trübe Licht eines Handydisplays enthüllt aus der Dunkelheit eine alte Wendeltreppe aus Stahl.

In den Katakomben muss sich das Auge erst langsam an das Zwielicht gewöhnen. Es ist erstaunlich warm hier unten. Gelegentlich rumpelt es laut, und die schweren Steinwände vibrieren.

„Metro", raunzt Yves. „Les UX?" fragt Paul. Yves nickt und klopft Falk auf die Schulter, so als könnte Falk jetzt mal richtig stolz auf sich sein und sich über seine Belohnung freuen.

„Urban Experience. Eine geheime Stadtguerilla, wir sind eingeladen", flüstert Paul, während sie immer tiefer durch die Gänge in die Katakomben von Paris eindringen.

In einem langen Gang stehen an den Wänden Bauteile alter Museums-Dioramen mit kaputten ausgestopften Tieren. Eine Schneekatze, der ein Auge fehlt, schaut Falk wissend an. Eine Halle eröffnet sich vor ihnen.

Hinter einer großen Säule, etwas abgeschieden, tönt lautes Gelächter, Paul und Yves ziehen Falk am Arm. Obwohl er sehr betrunken und müde ist, wird er plötzlich rot und muss auch lachen. Fünf nackte Männer und Frauen stehen auf einer Twister-Matte und folgen den Anweisungen einer Frau, die den Spielkreisel dreht und auf Französisch Anweisungen ruft. Sie trägt ein dunkles T-Shirt, dass ihr offensichtlich zu groß ist. Auf dem Rücken hat es einen Aufdruck: *french-fries come from hell.*

„Linke Hand auf Blau, rechter Fuß auf Grün." Die fünf Spieler verknäulen sich, steigen mit einem Bein übereinander, fallen beinahe um. Es riecht nach angeschwitztem Deo und nach Mensch.

Paul flüstert Falk ins Ohr: „Sie haben die Regeln etwas modifiziert. Es fliegt derjenige raus, der als erstes eine Erektion bekommt!" Von den fünf Spielern sind drei Männer und zwei Frauen zwischen 20 und 30. Ein bärtiger junger Mann hängt mit seinem Schritt halb im Gesicht einer Frau mit kurzen braunen Haaren. Die Zuschauer kichern aufgeregt und rufen ihren Favoriten ermutigende Sätze zu. Während bei dem Bärtigen alles noch schlaff

170

nach unten hängt und sich auch der zweite Mann, ein blonder Typ mit Tätowierungen auf dem Rücken, ganz gut hält, kreischt plötzlich eine der Frauen laut auf und bricht in heiseres Gelächter aus. Der Menschenhaufen bricht zusammen und alle kugeln sich lachend auseinander. Ein schmächtiger Typ mit Brille, der völlig rot im Gesicht ist und ganz unten gelegen hat, steht auf, greift sich schnell sein T-Shirt und hängt es sich grölend über seine Erektion, dann verneigt er sich und erhält Beifall.

Ein Freund von Yves spricht etwas Deutsch und sagt zu Falk: „Ganz schön, aber wenn alle nackt sind, wer ist dann noch der Rebell?"

Dann will er von Falk wissen, was er von den Demonstrationen hält. Sein olivgrüner Parka ist unter den Armen verschwitzt. Die dunkelblonden Haare hängen bis über die Ohren und könnten mal wieder gewaschen werden. Sein Pappbecher riecht nach dunklem Rum. Als er sieht, wie Falk in den Becher starrt, drückt er ihn Falk in die Hand und sagt mit viel Akzent „Prost". Er arbeite mit ein paar Freunden daran, das *Fidonet* in Paris zu reaktivieren. Das sei der Vorläufer des Internets gewesen. Mailbox-Systeme. Jetzt, da so viele Seiten in Frankreich gesperrt würden, sei das der beste Weg, um unabhängige Nachrichten zu verbreiten. Das wäre doch auch was für Deutschland.

„Vielleicht macht ihr es uns nach? Du weißt ja, nicht gehört zu werden, ist noch lange kein Grund zu schweigen!"

Sie zünden sich eine Zigarette an. Er klemmt sich die Kippe in den Mundwinkel, ballt die Faust in der Luft und nickt Falk freundlich zu. Der nimmt einen großen Schluck von dem Rum und nickt zurück. Dann fragt er Yves' Freund nach seinem Lieblingsschriftsteller. Er antwortet, das könne er gar nicht so genau sagen. Seine Freundin würde im Moment gerne Cees Nooteboom lesen. Aber der sei Holländer.

Das Gespräch stockt.

Paul findet in irgendeinem Winkel dieser weit verzweigten Gewölbe ein Didgeridoo und versucht, darauf zu spielen.

Falk geht zu seinem Bruder, legt ihm eine Hand auf die Schulter und brüllt gegen den Lärm in sein Ohr: „Und wie wäre es, wenn wir ihn dort verbrennen lassen und die Asche im Meer ausstreuen?"

Paul zuckt mit den Schultern. Wie immer macht sich sein Bruder um die wesentlichen Dinge keine Gedanken. Dann bedeutet Paul ihm, sich herunterzubeugen und sagt leise: „Aber er hat sich gewünscht, neben unserer Mutter in Münster beerdigt zu werden."

Falk kann sich nicht vorstellen, wie eine Leiche zwischen den Gepäckstücken im Flugzeug transportiert wird. Aber das sei wohl ganz normal, hat ihm ein Angestellter des Instituts in Phuket am Telefon versichert. Der Vater muss innerhalb einer Woche abgeholt werden.

Yves ist irgendwo in den Katakomben verschwunden.

Am Place du Pont Neuf bläst Paul die Backen auf, bis sein Gesicht ganz rot wird. Er pustet mit aller Kraft in das Didgeridoo und kämpft, einen guten brummenden Ton hervorzubringen. Aber er schafft es nicht, und so hört es sich nur so an, als hustet jemand durch ein dünnes Rohr.

„Meinst du, er hatte eine Freundin in Thailand? Glaubst du, da ist irgendjemand in Phuket, der um ihn trauert?"

Paul schaut seinen Bruder kurz nachdenklich an.

„Eine Freundin wird er wohl eher nicht gehabt haben."

Falk versteht die überzeugte Sachlichkeit in Pauls Stimme nicht: „Warum?"

„Weil er schwul war."

Falk ist weniger erstaunt über diese neue Information, als über die Gewissheit, dass sein Bruder mehr über den Vater wusste, als er selbst. Dabei war er doch der Ältere von beiden. Lag es daran, dass Falk viel früher schon aus dem Elternhaus in eine eigene Wohnung gezogen war? Oder war es die Bestätigung der von ihm lange schon gehegten, aber verdrängten Ahnung, dass sein Vater und Paul sich eigentlich immer näher standen?

Es ist drei Uhr in der Nacht, und Falk fragt sich weiter, ob sein Vater in den letzten Jahren von seinem kurzen Ruhm als Schriftsteller etwas mitbekommen hatte. War er wohl je stolz auf ihn? Falk verwirft den Gedanken. Hinter ihm dröhnt plötzlich ein tiefer, durchdringend vibrierender Ton. Paul hat es geschafft. Er reißt die Augen weit auf und starrt Falk im Licht der Straßenlaterne an. Als ihm die Puste ausgeht, setzt er ab. Das Instrument hat einen roten Ring um seinen Mund hinterlassen, und an seinem Kinn hängt etwas Speichel.

Da Yves verschwunden ist, und es beginnt zu dämmern, suchen die Brüder ein Taxi zum Flughafen. Als sie vor dem Hotel D'Alsace stehen, sagt Paul, dass Oscar Wilde hier in einem Zimmer gestorben sei.

„Du meinst einsam, heimlich, schwul, im Hotelzimmer, wie ... unser Vater?"

Paul nickt und zuckt gleichzeitig mit den Schultern. „Oder wie David Carradine, der Kung Fu-Darsteller."

„Kennst du das Oscar Wilde-Zitat: ‚Zu einer glücklichen Ehe gehören meist mehr als zwei Personen'?"

Falk schüttelt den Kopf.

Das Einchecken dauert ewig. Die Sicherheitskontrollen sind gründlich. Paul steht in der Detektor-Kabine. Ein kühler Luftstrom pustet ihn ab, Sensoren analysieren die Luft auf Sprengstoffpartikel. Dann das Ticken des Geigerzählers auf Radioaktivität. Paul dreht sich zu Falk um und grinst. Als sie fertig sind, sagt er: „Wusstest du, dass Deutschland, Österreich und die Schweiz die dicksten Producer-States für Plastiksprengstoff sind?"

Falk hatte keine Ahnung.

Während sein Blick durch den Terminal schweift, hört er Paul, der von Plastiksprengstoff spricht. Er erzählt von Semtex, Detonationsgeschwindigkeit von 7400 Metern pro Sekunde.

Der Terminal ist auffallend leer, kaum jemand möchte noch mit dem Flugzeug reisen.

„Semtex, das kommt von Semtin, das liegt in Böhmen, wie du sicherlich weißt."

Woher sollte Falk so etwas wissen. Aber Paul plaudert gerne und viel über irgendwelche Details.

Aus Lautsprechern kommt leise amerikanische Weihnachtsmusik. ...*I saw Mommy kissing Santa...*

Als sie sich gerade gesetzt haben, rappeln Schritte von vielen schweren Stiefeln hinter ihnen und werden lauter. Etwa 100 französische Soldaten marschieren vorbei, zum Check-in an ein anderes Gate. Die vorbeilaufenden Gesichter sind jung, strahlen Tatendrang und Entschlossenheit aus.

Paul schlägt die Zeitung auf.

Es gibt weitere Krawalle in London, neue Krawalle in Los Angeles und immer wieder die gleichen Ausschreitungen in Marseille. In ganzen Straßenzügen in Berlin wurden Autos angezündet. An der Küste von Kroatien sind 36 Wale angespült worden. Die meisten sind noch am Leben, aber unfähig, den Weg zurück ins Meer zu finden. Greenpeace-Aktivisten erklären, das liege an vermehrten U-Boot-Manövern der Nato. Der Sonar macht die Wale orientierungslos. Die Kadaver am Strand sind zu groß und müssen gesprengt werden, bevor die Fäulnisgase die aufgeblähten toten Tiere unkontrolliert zerplatzen lassen, und Menschen an den Stränden zu Schaden kommen.

Durch die verschneite Scheibe sieht Falk auf das Rollfeld, und wie die Militärmaschine langsam anrollt. „Wo werdet ihr hinfliegen? In den Sieg oder eure Zukunft? Leben oder Tod? Wird es vielleicht euer letzter Flug sein?", denkt er.

Paul beugt sich zu Falk vor. Mit seiner rechten Hand formt er eine Pistole, hält sie sich an die Schläfe, spannt mit dem Daumen den imaginären Abzug und sagt leise „Boom", als er abdrückt.

Beim Boarding in der nur halbvollen A 380 bleibt Falk auf der Schwelle der Flugzeugtür stehen. Durch einen Spalt weht kalte Winterluft und Kerosingeruch hinein. Paul stupst ihn von hinten über die Schwelle. Die Flugbegleiterin schaut Falk etwas unterkühlt an. Die Welt ist ganz bestimmt nicht freundlicher geworden, nur anders.

Bangkok. Stadt der Engel. Paul sitzt neben Falk und hat Musik in den Ohren. *One night in Bangkok makes the hard man stumble.* Das Leder der Taxisitze ist kühl. Überall der Geruch von künstlichen Lufterfrischern. Die

Lichter des Suvarnabhumi Airports sausen über Falks Gesicht, Lichtblitze hacken in seine Netzhaut. Haushohe Reklametafeln säumen die breite Schnellstraße in die Stadt. Auf der Scheibe und seiner Haut kondensiert die feuchte Luft.

Beim Anblick der Hochhäuser muss Falk an die Bilder ihrer Kindheit denken. Als der Vater Falk und Paul mitten im Spiel vom Garten ins Haus rief. Seine rot umrandeten Augen. Sie sollten sich das im Fernsehen genau ansehen. Die Flugzeuge mit den beiden Türmen, die grauen Wolken und der Menschenregen. Der feine Staub, der ganz Manhattan überzog und die Gesichter der Leute wie Geister aussehen ließ. Vor fünf Jahren wurden die Bilder und Erinnerungen wieder neu erweckt, als es zum Teileinsturz des zweiten Petronas Tower kam. Die Spitze des einen Turms knickte in die des anderen. So stehen sie jetzt immer noch da. Ein abstraktes, in sich verkeiltes Mahnmal des Terrors.

Der Taxifahrer fährt zügig über die Schnellstraße, die wie eine einzige, nicht enden wollende Autobahnbrücke aussieht und direkt ins Stadtzentrum führt.

Das Regierungsviertel ist voller Straßenbarrikaden. Militär patrouilliert in einiger Entfernung. Das sind Bilder, die Falk und Paul aus Berlin kennen. Sein Bruder schaut entspannt in eine andere Richtung. In einer Seitenstraße brennen ein paar Mülltonnen. Königstreue Demonstranten in roten Hemden stehen dahinter. Die Männer sind jung, kaum einer scheint älter als 30 Jahre zu sein. Die weitläufigen Bürgersteige sind ihr Bett für die Nacht. Friedlich sieht es aus. Sie liegen eng aneinander gekauert im Freien. Bunte Decken und Schlafsäcke lassen ihre Körper wie unter einer einzigen, großen, beschützenden Patchworkdecke aussehen.

In einem offenen Iglu-Zelt halten ein Mann und eine Frau gemeinsam Wache über die Schlafenden. Andere liegen am Straßenrand, in Decken gewickelt und schlafen, einige schlürfen Nudelsuppen und schöpfen Kraft für den nächsten Angriff auf die Regierung.

Der Taxifahrer beschleunigt und erklärt in einem fast schon entschuldigenden Tonfall, dass die Belagerung des Regierungsviertels jetzt schon drei Monate anhält. Die Politiker bewegen sich nur noch mit Hubschraubern fort.

„But no problem for tourists", fügt er rasch grinsend hinzu.

Am Lumphini-Park, in der Nähe des größten Nachtmarkts, brennt wieder ein Feuer. Die Polizei hat große Metallschalen aufgestellt, um darin medienwirksam konfiszierte Drogen zu verbrennen. Die Presse fotografiert mit viel Blitzlicht. Ein Mann in Uniform proklamiert „120 Kilogramm Kokain" in ein Mikrofon. Paul schüttelt neben Falk den Kopf. Ein Straßenhändler klopft an die Scheibe und holt ihn aus seiner Verträumtheit. Zeitungen werden hochgehalten und zum Verkauf angeboten. Falk schüttelt den Kopf und will eigentlich schon abwinken, als er sich plötzlich erschreckt und fast sicher ist, gerade ein

Bild des Vaters auf einer der Zeitungen gesehen zu haben. Als er Paul anstößt und an der blockierten Kurbel für die Scheibe hantiert, kommt ein Junge an die Fahrerseite und schüttet Wasser auf die Frontscheibe. Bevor er mit dem Putzen anfangen kann, schaltet die Ampel auf Grün. Durch die nasse Scheibe kristallisiert und verschwimmt das Licht.

Falk reibt sich die Augen, er hat seit vielen Stunden nicht richtig schlafen können.

„Was ist los?", fragt Paul.

„Nichts." Falk will seinem Bruder nicht mit irgendwelchen Gespenstern kommen.

In Patpong springen die Brüder aus dem Taxi. Vor einer Bar steht ein großes gelbes Schild: *„Beer, fucking good!"* Blinkende *„Super Pussy"*-Schilder hängen über ihren Köpfen. Paul sagt, er findet, dass die Straßenviertel mit den rotleuchtenden Bars die Vagina dieser Stadt sind. Falk zuckt mit den Schultern, wahrscheinlich ist es so. Ein Leuchtschild ragt aus allen anderen heraus. Falk hat das Gefühl, dass nur er es sehen kann. *True* steht da. So, als ob es eine Antwort auf eine Frage gibt, die einem diese Straße stellt. *True*, dann stimmt es also, was Paul sagt.

Sie gehen in eine Hotelbar im 52. Stock. Paul trinkt Thai-Whisky. Falk knibbelt am Etikett einer Bierflasche. Er stellt sich vor, wie es jetzt zu Hause aussieht. Schneegestöber und Kälte. Über ihnen das Sternentheater und unter ihnen die leuchtenden Adern der Stadt. Aus allen Richtungen pumpen sie das Leben in dieses gigantische Häusertier. Ihr Glühen reicht bis an den Horizont, wo sie sich feiner verästeln und nur noch einen dünnen Schein an den Himmel werfen.

Falk zieht ein verknittertes Foto aus seiner Geldbörse, streicht es glatt und schiebt es über den Tisch zu Paul. Er kann sehen, wie die Augen seines Bruders zum ersten Mal seit Langem feucht werden. Während Paul die Lippen zusammenpresst, läuft eine einzelne Träne seine Wange herunter und tropft auf den Tisch. Das Foto zeigt den vollbärtigen Vater mit seinen lachenden Teenager-Söhnen vor einem Zelt. Alles ist voller Matsch.

Mehr als eine einzige Träne kommt nicht mehr von Paul.

„Das Roskilde-Festival?"

„Ich glaube ja", antwortet Falk leise.

Über den Nachtmarkt schlendern Paul und Falk durch eine Seitengasse zurück zur Hauptstraße. Plötzlich steht ein Elefant vor ihnen. Ein kleiner Mann führt das schwere Tier an einer Kette an ihnen vorbei. Nur für einen kurzen Moment, einen wahrhaftigen *Augenblick,* kreuzt sich Falks Blick mit dem des schreckgeweiteten Elefantenauges. Es sieht wissend und alt aus. Kurz saust ihm ein Gedanke durch den Kopf: *Wo wirst du heute Nacht schlafen?* Paul schüttelt nur den Kopf.

In der Mitte der Gasse ist es plötzlich ganz ruhig. Die Köche und Ladeninhaber liegen auf dünnen Matten auf dem harten Betonboden vor ihren Geschäften. Die Luft ist noch von einer Mischung aus Gaskochergeruch und dem Duft von erkaltetem, gekochtem Essen erfüllt. Schale Aromen von Knoblauch, Kokosmilch und Curry liegen in der Luft. Auf dem Boden frische, platt getretene Kohlblätter. Am Rand stehen Berge von abgewaschenem Plastikgeschirr und Alutöpfen. Ein alter Mann ist in seinem Stuhl eingeschlafen. Inmitten dieser riesigen Stadt hat dieses Bild der Ruhe etwas Unwirkliches. Paul findet in einem Wok, der neben einem Gaskocher steht, frittierte und abgekühlte Heuschrecken. Sein Bruder würde ihm wieder lange vorhalten, er sei nicht spontan genug. Paul nimmt zwei heraus, und Falk weiß, dass er nicht viel Zeit hat, um zu zögern oder nachzudenken. Schon knuspert Paul auf dem Insekt herum, und noch während er die Hand ausstreckt, um Falk das Tier zu reichen, schnappt dieser es ihm weg und steckt es sich in den Mund. Krachend bricht der Chitin-Mantel zusammen, und der etwas nussige Bratfettgeschmack breitet sich in Falks Mund aus. Paul grinst. Falk hat sein Spiel mitgemacht. Genau genommen hat er es sogar gewonnen.

In der ersten Jetlag-Nacht seines Lebens hängt Falk mit Paul im Hotelzimmer herum. Der ersehnte Schlaf will sich einfach nicht einstellen. Paul war beim Seven Eleven um die Ecke und hat Bier mitgebracht. Und kleine Fläschchen, deren Etikett er nicht entziffern kann, die er aber für Energy Drinks hält. Falk liegt auf seinem Bett und starrt an die Decke. Er fragt sich: „Könnte das hier das Zimmer sein, in dem sich David Carradine nackt im Schrank erhängt hat?"

Das Zimmer wird in ein diffuses Licht getaucht. Einzelne Lichtblitze von den Leuchtreklamen gegenüber fallen durch das Fenster und werfen bunte Formen an die Decke. Es fühlt sich ein bisschen so an, als ob die Zeit stehengeblieben wäre. Monotones Rauschen des Straßenverkehrs ist im Hintergrund zu hören. Paul atmet in die Stille. Rotes Pufflicht fällt auf sein Gesicht, und schon einen Moment später verlöscht es wieder. Sein Bruder ist wirklich eingeschlafen. Falk macht sich ein Dosenbier auf und schlürft an der metallischen, kalten Öffnung. Er ist jetzt seit 48 Stunden wach. Zum ersten Mal entspannt sich alles. Er sehnt sich nach Schlaf wie nie zuvor. Weniger wegen der Müdigkeit, als aus einer kindlichen Hoffnung heraus, der Schlaf könnte alles von Grund auf neu formatieren und auf die Ausgangssituation zurücksetzen: Falk sitzt Heiligabend mit Freunden und seinen Kindern zusammen, seine Frau ist noch seine Frau, und es ist keine E-Mail mit der Todesnachricht des Vaters gekommen. Das Jahr würde gemächlich und langweilig wie immer zu Ende gehen.

Aber der Schlaf ist nicht gnädig mit Falk. Und neu formatieren kann er sein Leben auch nicht.

Leise wühlt er nach der Fernbedienung, um den Fernseher anzuschalten, dem Gedanken-Klumpen in seinem

Kopf etwas Zerstreuung zu bieten und alle Erlebnisse zu sortieren.

Eine Quizshow. Träge drückt er auf irgendwelche Tasten, bis das Programm wechselt. Ein Thriller mit Michael Douglas, MTV-Asia, Nachrichten. Bilder von den brennenden Straßenbarrikaden in Bangkok, Molotov-Cocktails werden gegen gepanzerte Fahrzeuge geworfen, im Süden Thailands sammeln sich immer mehr Putschisten. Urlauber werden verschleppt. Männeken Piss und die Mehrjungfrau, ein Feature über Dänemark zum G 20-Gipfel, lachende Politiker an einer reichhaltig gedeckten Festtafel, ein Schloss, ein Bild wie bei Ludwig, dem Sonnenkönig. Nächstes Programm eine Kochsendung. Eigentlich beruhigt ihn so etwas immer. Leuchtende Bilder von Lebensmitteln, das glänzende lila Fleisch eines frisch aufgeschnittenen Thunfischs, Gewürze, lachendes Publikum. Der Koch geht zu den Leuten und lässt sie eine noch lebende Seegurke anfassen. Junge Damen kreischen affektiert vor sich hin. Der Koch macht eindeutige Gesten mit sexueller Andeutung, das Publikum tobt vor Lachen, die Damen erröten. Eine merkwürdige Unruhe durchströmt ihn. Sein Herz rast. Der Koch setzt zum Höhepunkt an und zerteilt die glibbrige Seegurke mit schnellen Schnitten bei lebendigem Leib. Dann hält er sie in die Kamera. Seine Stirn ist plötzlich voller Schweiß. Paul schnarcht. Was ist hier los? Sein Rücken ist auch ganz nass. Falk meint, dass irgendetwas mit dem Fernseher nicht mehr stimmt und schaltet um. Er bildet sich ein, dass kurze, blitzartige Textbotschaften in das laufende Fernsehprogramm geschnitten werden.

So etwas hat es ja schon mehrfach gegeben. Als Werbung, als subliminale Botschaft, die nur unterbewusst wahrgenommen werden kann. In der Schule hat Falk gelernt, dass George W. Bush im Wahlkampf gegen Al Gore im Jahr 2000 einen Werbespot senden ließ, in dem er in Gores Rede mehrfach für eine Dreißigstel-Sekunde das Wort „Ratten" aufblitzen ließ.

Falk wühlt in seiner Hosentasche und findet eine Schlaftablette. Zehn Minuten später ist er eingeschlafen.

Als Falk aufwacht, hat die Welt noch geschlossen. Es ist sehr früh. Er rappelt sich auf, und während er zum Fenster läuft, brummt ihm der Schädel. Paul ist nicht im Zimmer. Die Seitenstraße unter dem Hotel ist wie leergefegt. Kein Mensch zu sehen. In einer Millionenstadt läuft in dieser langen Straße niemand herum. Falk weiß nicht genau warum, aber er bekommt Panik. Natürlich ist das Unsinn. Die Menschen sind ja nicht einfach weg. Das ist nur Zufall. Sicher ist es nur Zufall. Er atmet tief durch, fährt sich mit der Hand durch das Gesicht und schaut nochmal raus. Ein Mann mit Besen läuft über die Straße. Falk atmet erleichtert auf. Als er sich umdreht, um sich nochmal abzulegen und das Gefühl in seinem Kopf zu untersuchen, fährt ein kalter Schauer durch seinen Körper. Das Bündel mit den Geldscheinen ist weg. Alles Ersparte aus dem Verkauf seines Buches, alles was noch da war und gebraucht wird, um den Vater zurückzuholen und zu beerdigen. Er weiß noch genau, wie er das Geldbündel neben sich auf den Nachttisch gelegt hat. Und jetzt ist es weg.

Flash: Jemand war in ihrem Zimmer! *Flash:* Sie sind bestohlen worden! Fehlt noch etwas? Panisch rennt Falk von einem Ende des Zimmers zum anderen, rennt ins Bad, schaut in den Spiegel. Sein blasses Gesicht mit dem spärlichen Bartwuchs sieht ihm entgegen. Er schüttelt den Kopf und geht etwas langsamer ans Bett zurück. Dann kontrolliert er den Riegel vor der Tür. Alles ist abgeschlossen.

Verdammt, wo ist Paul? Vielleicht war es ja nur Paul. Aber wie soll er herausgekommen sein, wenn doch der Riegel von innen geschlossen ist? Verstört lässt sich Falk auf das Bett fallen. In einer neuen Welle von Panik steht er sofort wieder ruckartig auf und schaut unter das Bett. Auch hier ist natürlich nichts. *Ist es so, wenn man verrückt wird? Fühlt es sich so an?*

Als sich sein Puls normalisiert, und die Atmung von flach nach tief wechselt, seine Sinne zu ihrer eigentlichen Funktion zurückfinden, spürt er die Veränderung. Es riecht in diesem verwohnten Hotelzimmer auch anders. Nach einem vollkommen unmöglichen Geruch, und doch plötzlich so deutlich, dass Falk vor Verwunderung und Angst die Tränen in die Augen steigen. Es riecht nach Old Spice, dem Lieblings-Aftershave des Vaters aus ihren Kindertagen.

Falk greift nach seiner Hose, sie ist immer noch verdreckt aus den Pariser Katakomben. Dann reißt er die

Zimmertür auf und zieht sich im Flur hastig die ebenfalls sehr ramponierten Turnschuhe an. Der Fahrstuhl macht ein Ping-Geräusch. Er springt gehetzt hinein.

Am Frühstücksbuffet findet Falk seinen Bruder, der ein brandneues graues T-Shirt mit dem Siebdruck eines Achtziger-Jahre L. A.-Punkband-Flyers trägt. Neben dem Bandnamen, der nach Art eines Erpresserbriefs aus ausgeschnittenen Buchstaben zusammengesetzt ist, steht ein Mann in OP-Kleidung, der sich in einem Krankenhausflur übergibt. Paul hat sich einige Rühreier auf den Teller geladen und stapelt gerade mehrere Scheiben Toast darüber. Das macht er immer, damit das Rührei nicht kalt werden kann, bis er damit an seinem Platz ankommt.

Paul ist ganz erstaunt über die Erregung von Falk. Aber so ist es schon immer gewesen: Falk bringen die Dinge schnell aus der Ruhe. Mit einigen Sätzen rückt Paul meist rasch alles gerade.

1. „Old Spice ist das weltweit meistverkaufte Aftershave. Vielleicht ist jemandem eine Flasche umgefallen?"

2. „Ich hab' mir das Geldbündel mitgenommen und mich mit frischen Jeans und T-Shirt eingekleidet, solltest du übrigens auch noch tun, so wie du aussiehst."

3. „Keine Ahnung, warum der Riegel vor der Tür war. Vielleicht gibt es da irgendeinen Mechanismus von außen."

4. „Du solltest etwas essen. Die haben hier alles. So-
    gar Miso-Suppe. Zum Frühstück, stell dir das mal
    vor!"

Falk setzt sich an einen Tisch. Seine Gedanken kreisen,
langsam wird er etwas ruhiger. Der Frühstückssaal füllt
sich. Das Hotel erwacht zum Leben. Paul setzt sich zu ihm
und schaut ihn mit verschlafenen, roten Augen an.

„Und wie geht das jetzt hier weiter?"

„Wir fahren mit dem Bus nach Phuket, gehen in Vaters Appartement-Komplex und holen seine Sachen, dann
sehen wir weiter, was wir davon mitnehmen oder weg-
schmeißen. Dann fahren wir ins Krankenhaus, identifizieren ihn und warten, bis sie den Sarg versiegeln und die
Papiere für den Flug fertig machen."

„Und dann nehmen wir die Kiste mit in den Bus und
fahren zurück?"

Soweit hat Falk gar nicht gedacht.

„Das sehen wir dann."

„Alles klar." Falk wundert sich, wie sie mit so wenigen
Worten so schnell einer Meinung sein können. Fast fühlt
es sich so an, als wären sie wieder die kleinen Jungs, die
sich im Garten des Elternhauses zusammen ein Abenteuer
ausdenken. Als wären sie wieder Indianer, die entweder
auf dem Kriegspfad waren oder die Friedenspfeife rauch-
ten. Falk und Paul konnten beides.

Falk kauft sich im Hotel ein neues, blaues Button-down-Hemd, kurzärmelig und eine beige Cargo Shorts. Die Brüder nehmen ihre leichten Rucksäcke und steigen in ein Tuk-Tuk zum Busbahnhof.

Es ist um neun Uhr morgens bereits drückend heiß und feucht. Während die Großstadt sich nach einigen Kilometern in immer langweiligere, ländlichere Landschaft verwandelt, schläft Falk neben seinem Bruder endlich für ein paar Stunden ein. Der Bus kommt am Abend in Phuket an. Als er die Augen öffnet, merkt Falk, dass sein Bruder ihn anschaut. „Was denkst du gerade?", fragt er Paul und gähnt.

Dieser antwortet: „Weißt du noch, was unser Vater auf diese Frage immer gesagt hat?"

Falk sagt: „Nichts."

„Richtig, er hat immer geantwortet, dass er nichts denkt. Unsere Mutter ist daran fast verzweifelt, dass er nie seine Gedanken geteilt hat. Weißt du noch, was sie mal über ihn gesagt hat: Ich kenne ihn nicht, er ist entweder der komplizierteste oder der einfachste Mensch der Welt."

In Phuket ist es noch viel heißer als in Bangkok. Überall sind Touristen unterwegs, sie lassen sich tätowieren, trinken, feiern, lachen, schreien. Der Lärm aus den Bars und Restaurants ist ohrenbetäubend.

Die Brüder übernachten in einem Strandbungalow, trinken Heineken aus kalten Dosen, rauchen, reden. Moskitokerzen brennen auf der kleinen Holzveranda, das

Meer rauscht, und müssten sie morgen nicht die sterblichen Überreste ihres Vaters abholen, könnte es sich richtig großartig anfühlen, hier zu sein. Aber der Alkohol lässt Falk aufmerksamer und sensibler sein, macht ihn empfänglich für Details. Der Mond, die Wolken, die Schatten, alles hat plötzlich eine tiefere Bedeutung. So als könnte man sehen, spüren, was dahinter kommt. Hinter all dem Schönen. Wenn dann eine Wolke den Himmel auch nur kurz verdunkelt, hat Falk das Gefühl, dass irgendetwas nicht mehr stimmt. Nur was das ist, weiß er nicht. Wie eine Vorahnung. Nur eine Vorahnung.

Die Carewell Service Co. Ltd. hat ihren Sitz in der Soi Wasana Road. Allerdings stellt Falk erst am nächsten Morgen fest, dass das Wohnheim eigentlich nicht auf Phuket, sondern auf der Insel Koh Tachai, unmittelbar vor der Küste von Phuket, liegt.

Am Fähranleger weigert man sich zunächst aus unverständlichen Gründen, die beiden zur Insel zu bringen. Scheine wechseln den Besitzer, und nach 20 Minuten Fahrt steigt Falk zuerst auf einen Steg zum 600 Meter langen weißen Sandstrand vom Boot. Das Wasser ist so atemberaubend durchsichtig, der Strand so hell und weiß, dass er nur staunend, mit offenem Mund stehen bleiben kann. Paul hüpft hinter ihm vom Steg und klopft ihm auf die Schulter. Am Strand ragt ein Kühlschrank halb offen aus dem Wasser, kleine Schachteln liegen im Sand verstreut.

„Da hat sich unser Vater ja wirklich das Paradies ausgesucht."

Auf der Insel gibt es keine Autos, und Falk bemerkt auch, dass nur sehr wenige Menschen zu sehen sind. Die wenigen Männer am Schiffsanleger schauen mürrisch. Auf die Frage nach dem Wohnheim streckt einer nur grimmig die Hand in eine Richtung aus. In der gezeigten Richtung verläuft ein Fußweg, es riecht nach verbranntem Holz, über dem Palmenwald ist Rauch zu sehen.

Das Wohnheim ist ein zweistöckiges Haus, die Zimmer haben Balkone, und das Rauschen des Meeres ist in spürbarer Nähe. Die Hälfte des Dachstuhls ist erst vor Kurzem abgebrannt. Falk nimmt den Geruch von verkohltem Holz war. Von den Bewohnern oder Pflegekräften ist niemand zu sehen. Vor dem Eingang fliegen Papierordner mit Akten im Wind herum. Rollstühle, Tische, Schränke liegen umgekippt vor zerbrochenen Fenstern vor dem Gebäude. Paul zieht die Augenbrauen hoch, Falk empfindet die Stille als beklemmend. Er hat Angst.

„Wir sollten wenigstens mal einen Blick hinein werfen, dann hauen wir wieder ab und suchen das Krankenhaus", sagt Paul.

Jede Faser in Falk wehrt sich dagegen, in die zum Teil dunklen und undurchsichtigen Flure des Wohnheims zu gehen, und doch stimmt er zögernd zu. Näher kann er seinem Vater in seinem eigenen Leben nicht mehr kommen. Hier ist der letzte Berührungspunkt. Diesen Ort hat ihr Vater die letzten fünf Jahre bewohnt, es war sein Zuhause.

In der völlig demolierten Eingangshalle finden Paul und Falk schnell eine Übersicht mit den Namen der Bewohner. Ihr Vater hatte Zimmer 210, im oberen Stockwerk. Das Gebäude knackt ständig, und irgendwie fühlt es sich an, als könnte es jederzeit auseinanderfallen. In den Fluren liegen halb verkohlte Bettwäsche, Bücher und persönliche Gegenstände von ehemaligen Bewohnern am Boden. Nirgendwo ist ein Lebewesen, nicht einmal Blutspuren sind zu finden.

„Was ist hier los?", denkt Falk unablässig. Zimmer 210 ist, wie alle anderen Räume, komplett verwüstet. Die Wände kahl. Hier fehlt auch das Dach. Paul und Falk schauen in den blauen, von Palmen überragten Himmel.

Falk hat das Bedürfnis, die Hand seines Bruders zu nehmen. Paul entgegnet den Händedruck nur kurz und durchstöbert dann den umgekippten Nachttisch. Triumphierend zieht er ein Foto hervor: Der Vater, tatsächlich mit langen Haaren und Bart, hält einen thailändischen Mann im Arm. Die beiden sehen glücklich aus.

Aus dem unteren Stockwerk sind plötzlich Stimmen zu hören, Geräusche von Stiefeln im Flur. Falk dreht sich zur Tür. Der Gewehrkolben trifft ihn hart an der Schläfe.

Die Dämmerung bricht grau herein, die Luft ist schwer, und über Falk und Paul flattern vereinzelte Fledermäuse. Sie geben dem Himmel eine Oberfläche, wie sie alte Filme auf Rollen haben, auf denen kleine Staubfasern beim Abspielen dunkle Flecken hinterlassen.

Der fette Wächter mit der Machete kommt auf Falk zu und schreit ihn an. Paul stellt sich einen Schritt hinter ihn. Die Stimme des Fetten ist so schrill und hoch, dass sie mit den Dschungelgeräuschen, dem Schreien der Affen und Vögel in vollkommenem Einklang zu stehen scheint. Falk fühlt sich in dem oben offenen Bretterverschlag wie unter einer gigantischen Glaskuppel gefangen. Wie in einem Gewächshaus bekommt man auch hier vor lauter Feuchtigkeit und Geruch nach modriger Erde kaum Luft. Wütend rupft der Fette an Falks Cargo mit den Seitentaschen und wiederholt ständig das Wort „Soldier".

Die Sonne steht hoch am Himmel, und es sind bestimmt mehr als 45 Grad in diesem Verschlag. Paul liegt in einer Ecke und döst. Der Rebell oder Terrorist, oder was er auch sein will, der Mann, der sie bewacht, hat ein freundliches, rundes Gesicht. Seine Haut ist honigfarben. Er kann nicht älter als 20 Jahre sein. Langsam kommt er an die Tür des Verschlags. Seine Oberlippe umschürzt ein feiner Bartflaum. Er hält Falk eine Schachtel Zigaretten ohne Filter hin, der zögert kurz. Noch während er nachdenkt, ob das als Beleidigung aufgefasst werden könnte, greift er doch schnell zu. Als der freundliche Wächter die Einschnürungen der Handschellen an seinen Handgelenken sieht, bedeutet er ihm, die Arme nach vorne durch die Bretterlücke zu schieben. In seiner Hose kramt er nach dem Schlüssel und öffnet Falks Handschellen. Er will sofort Paul wecken, aber der Soldat bedeutet ihm mit einer Kopfbewegung zur Hütte gegenüber, dass er auf keinen Fall riskieren kann, sie beide loszumachen.

Auf gebrochenem Englisch sagt er:

„Wer am Freitag lacht, der wird am Sonntag weinen."

Am nächsten Tag werden die Brüder auf einen Pick-up-Truck verladen. Während des Transports in ein größeres Gefangenenlager überkommt Falk eine sehr starke Müdigkeit, die sich wie eine weiche Umarmung anfühlt. Er möchte sich einfach fallen lassen und den ersten surrealen Traumfetzen, die nach ihm greifen, hingeben. Die immer gleiche Umgebung, der Dschungel, das sanfte Rütteln des Transporters, irgendwann gibt er auf und taucht in den Schlaf ein. Endlich müde genug, um zumindest für eine kurze Zeit gedankenlos zu bleiben.

Das Gefangenenlager ist ein Fünf-Sterne Luxusressort. Gefangen im Paradies. Der Pick-up passiert ein großes mit Stacheldraht gesichertes Tor. Ein dicker Schwede, der aussieht wie Sean Connery in seinen besten, drahtigen James Bond-Jahren, erklärt den Brüdern auf Englisch, dass sie vor ein paar Tagen in den frühen Morgenstunden ankamen, den europäischen Manager rauswarfen und zusammen mit dem Personal, das auf ihrer Seite zu sein scheint, die Gäste als Geiseln nahmen. Doch auch die Geiselhaft scheint hier nicht ganz ohne die allgegenwärtige thailändische Höflichkeit gegenüber Ausländern zu sein. Mit vorgehaltener Waffe werden die Brüder durch die

Anlage geführt. Männer und Frauen räkeln sich am Pool. Der Strand wird zwar mit Waffengewalt bewacht, dennoch liegen einige käseweiße Hotelgäste im Sand und machen einen eher entspannten Eindruck. Sean Connery zieht sein hellblaues Polohemd hoch und zeigt seine Flanke, auf der ein langgestreckter Bluterguss zu sehen ist. „Ein Stockschlag, passen Sie bloß auf, was Sie hier tun! Es sieht aus wie Urlaub, in Wahrheit ist es die Hölle! Wir sitzen hier fest. Keine Verbindung zur Außenwelt. Die Botschaft kann wohl nichts machen."

Falk nickt verständnisvoll, schaut verlegen auf seine Fingernägel und blickt zu Paul.

Mit Bestimmtheit, aber nicht unhöflich, werden Falk und Paul durch die Bungalowlandschaft geführt. Der Pool rauscht und plätschert, und es fühlt sich fast wie Urlaub an, nur dass sie ihre Rucksäcke selber tragen müssen. Die Thai-Jungs, die vor und hinter ihnen gehen, sind nicht älter als 16 Jahre. Einer von ihnen hat eine wulstige Narbe, die quer über sein Gesicht verläuft. An der Oberlippe ist der Wulst besonders groß und sieht fast schon schnabelartig aus. Vielleicht von einer Machete. In Gedanken nennt ihn Falk den ‚Entenjungen'.

Vereinzelte Gäste sitzen an einer Bar mit Palmenblätterdach in der Nähe des Pools. Da sie nicht mehr gefragt werden, bedienen sie sich selbst an den großen Kühlschränken. Das scheint hier niemanden wirklich zu interessieren. Aus einem Lautsprecher kommt Musik von den *Counting Crows,* und Falk bekommt feuchte Augen, weil er an früher denken muss, als er mit seinen Eltern und seinem Bruder im Urlaub war, und sie gemeinsam *Mr. Jones* auf einem alten Mini-Discplayer angehört haben.

Bevor Falk richtig anfängt zu heulen, fragt er Paul nach einer Zigarette und beginnt, hastig zu rauchen.

„Du hast mich geprägt und du hast mich gequält", sagt Paul plötzlich nach einigen Zigarettenzügen.

„Ich habe es mir nicht ausgesucht", murmelt Falk mit abwesendem Blick.

„Was ausgesucht?", fragt Paul.

„Dass du mein Bruder geworden bist. Du warst einfach plötzlich da. Und du bist auch jetzt immer da, ich sehe dich wenn ich in den Spiegel schaue, und ich höre mich, wenn ich dich reden höre – auch wenn wir uns monatelang nicht gesprochen haben."

Paul wirkt genervt und sagt: „Wir haben eben jahrelang Zeit miteinander verbracht, ob wir wollten oder nicht, abends lagen wir im gleichen Kinderzimmer, haben uns über die gleichen Sachen gestritten, oder über dieselben Dinge gefreut. So ist es nun mal. Deal with it!"

Die wenigen Gäste, die ihnen auf den engen, von Palmen und Büschen verwachsenen Wegen begegnen, sehen die beiden verstört an. Als ihnen eine junge, braunhaarige Frau im Bikini mit Badehandtuch entgegenkommt und den entstellten Entenjungen vor ihnen sieht, zuckt sie erschrocken zusammen und hebt reflexartig ihre Hände vors Gesicht.

Nach kurzem Marsch auf einem etwas steileren Weg an einem Berghang werden Falk und Paul zu einem Bungalow mit großer Terrasse geführt. Hier ist alles viel geräumiger als bei den Häusern am Pool oder Strand. *Deluxe.* Die Bewacher bitten Falk mit höflichen Gesten, in das Appartement zu gehen. Die beiden Brüder treten ein und bemerken, dass das Türschloss total kaputt ist. Als sie sich umdrehen, schieben die beiden Thai-Jungs einen schweren Holzbalken vor die Tür. Sie sollen sich eingesperrt fühlen. Höflich grinsend winken die beiden durch das zerbrochene Fenster und gehen fort. Paul reibt sich die Stirn, die letzten zwei Tage im Verschlag haben ihm zugesetzt. Jetzt stehen die beiden im luxuriösesten Bungalow, den Falk in seinem Leben je gesehen hat. Alles ist aus braunem Teakholz, ein riesiger Raum, und unter dem Giebel laufen die Dachsparren strahlenförmig zusammen. Darunter steht in sorgfältig eingearbeiteter Holzschrift: *Nirvana.* Obwohl alles völlig heruntergekommen aussieht, und die ganze teure Einrichtung dem Vandalismus zum Opfer gefallen ist, wurde das große Doppelbett mit dem Moskitonetzhimmel gerade frisch bezogen. Irgendwie sind sie immer noch Gäste, und auf eine unbestimmte Weise können ihre Bewacher ihre servile Gastgeberart nicht ablegen. Paul ist inzwischen auf die Terrasse gegangen. Die Brüder haben einen wundervollen Blick auf das türkisfarbene Meer und die Bucht. Es gibt einen Jacuzzi-Pool, der allerdings nur noch zur Hälfte mit braunem, abgestandenem Wasser gefüllt ist. Auf der Oberfläche schwimmen Kondome und drei leere Champagnerflaschen.

Paul sagt: „Ich finde, wir sollten jetzt erst mal runter an diese Bar gehen und uns mit Bier eindecken, bevor die Vorräte weg sind."

Falk schaut ihn unschlüssig an.

„Na komm, wenn wir gleich losgehen, können wir zum Sonnenuntergang wieder auf unserer Terrasse sein!", fügt er hinzu.

Falk zuckt mit den Schultern, nimmt eine schicke Porzellanfigur ohne Kopf und zerschlägt damit die restlichen Scheibenstücke im Fenster neben der Tür. Der Balken davor lässt sich durch das Loch leicht wegschieben.

Es scheint sich wirklich keiner dafür zu interessieren, was die Geiseln machen. Wie im Urlaub. Bloß mit unbestimmten Chancen auf Rückkehr. Falk wundert sich. Er fragt sich noch viel mehr. Warum werden die Leute bloß festgehalten? Wieso scheint sich sonst niemand über diese Anarchie zu wundern? Warum greift hier keiner ein?

Zielstrebig laufen Falk und Paul über das Gelände Richtung Ausgang. Ein hoher Zaun, der mit Stacheldrahtrollen zusätzlich verstärkt wurde, umgibt das gesamte Gelände. Dahinter sieht man noch einen provisorisch gezogener Zaun und den Dschungel.

Auf einem Schild am Zaun steht unter einem selbstgemalten Stromzeichen in krakeliger Schrift, wie von einem Kind geschrieben: *No alarms and no surprises, please.*

Vollkommen müde und erschöpft trinken die Brüder Bier aus der demolierten Bar und gehen zum Strand. Vielleicht findet sich ja dort ein Boot, um über die Bucht zu verschwinden.

Im weichen Sand spielen ein blonder kleiner Junge und ein rothaariges Mädchen unbekümmert am Wasser. Vereinzelte Geisel-Gäste sitzen in Plastik-Liegestühlen und schauen aufs Meer. Falk glaubt zu erkennen, dass diejenigen, die gut aussehen, sich mit ihrem Schicksal abgefunden haben. Die traurigen Gäste sehen dagegen schlecht aus, mit diversen Blutergüssen. Wahrscheinlich hadern sie zu viel mit sich selbst und ihrer zweifelhaften Bestimmung.

„Sie würden sicherlich weniger geschlagen werden, wenn sie das hier als den Urlaub annehmen würden, wie er nun mal gekommen ist", meint Paul altklug.

Ein Radio wird lauter gestellt. Nachrichten auf Englisch. Die thailändische Regierung hat dem x-ten Putsch nicht standhalten können. Eine Volksmiliz hat zusammen mit dem Militär die Macht übernommen. Dann wieder ein Bericht über ein abgestürztes Flugzeug. Nach ersten Angaben der Fluggesellschaft hatte die Maschine nur Parfüm und Blumen geladen. Da die Explosion aber immens gewesen sein soll, wird jetzt weiter geforscht. Sie berichten, es waren vielleicht Waffen an Bord. Experten haben

Spuren von Dimethyl-Methylphosphonat gefunden. Ein Fachmann mit französischem Akzent wird interviewt und erklärt, dass diese Substanz zwar als Kerosinzugabe Verwendung findet, aber eben auch der Ausgangsstoff für die Produktion von Nervengas sein kann.

Irgendwer dreht am Radio und stellt einen Sender mit Easy Listening-Musik ein. Klingt wie Hintergrundmusik im Supermarkt. Das Meer rauscht leise. Moby singt: *Tell the truth, you never wanted me.* Dann fängt der Teil mit dem Synthesizer an, und Moby singt *Tell me ...*, Klavier-Part, Fade out, das Herz wird Falk schwer.

Inzwischen ist es dämmrig geworden. Der Mond steht schon niedrig über dem Meer, obwohl die Sonne noch nicht ganz untergegangen ist. Die Brüder liegen im Sand und schauen in den Himmel. Falk muss sich kurz vorstellen, dass sie auf einem anderen Planeten sind, weil da ja zwei Kugeln am Himmel über ihnen schweben.

Ein betrunkener Australier, der zwei Meter neben ihnen auf den Strand kotzt, reißt ihn aus seinen Gedanken. Paul mit roter Nase, von der sich die Haut abschält, beugt sich über Falk. Er sieht keine Option, über das Meer abzuhauen. Dafür findet er die Bucht zu eng und die Felswände am Rand zu steil.

Als Kinder sind sie im Spanienurlaub oft heimlich von den Steilklippen ins Meer gesprungen. Als großer Bruder hatte Falk Paul erzählt, dass man in Polynesien in der Südsee durch den Sprung von der höchsten Klippe zum Häuptling werden konnte. Weil es so viel Mut kostete, sich aus solcher Höhe ganz nah am Felsen ins schäumende Meer fallen zu lassen. Falk wollte immer gerne der Häuptling sein, und höher und steiler springen als Paul. Aber so sehr er sich auch anstrengte, da stand ab irgendeiner Höhe, die Paul noch sprang, bei ihm selbst immer die Angst dazwischen.

Von dem betrunkenen Australier leiht sich Falk das Smartphone, er wählt, und obwohl es mitten in der Nacht ist, hebt Rieke ab:

„Was machst du?", fragt sie verschlafen.

„Urlaub in Thailand", sagt Falk mit trockenem Mund.

„Habt ihr euren Vater gefunden?"

„Noch nicht."

„Es ist mitten in der Nacht ..."

Stille. Satellitenrauschen.

„Falk, ich würde gerne die Scheidung so schnell wie möglich durchziehen. Unterschreibst du die Unterlagen bitte, wenn du wieder da bist?"

Falks Mund wird noch trockener. Er kann das Männerschnarchen durch das Telefon hören.

„Ja", sagt Falk leise.

„Sonst noch was?", ihre Stimme klingt ungeduldig.

„Wie geht es den Kindern?", fragt Falk, damit das Gespräch noch nicht vorbei ist.

Seufzendes Schnaufen.

„Nichts Besonderes. Luisa wurde wieder von diesem kleinen anstrengenden Malte im Kindergarten gebissen. Ich durfte mit den Erzieherinnen diskutieren, nichts Neues. Wie immer alles, hat dich doch sonst auch nicht interessiert."

Schweigen.

Falk versucht zu schlucken und noch irgendetwas zu sagen, da kommt sie ihm zuvor:

„Dann bis bald, pass auf dich auf."

„Gute Nacht."

Am nächsten Morgen sitzen sie auf einer dem Strand zugewandten Terrasse und frühstücken alte Toastscheiben mit Marmelade, die ein englisches Pärchen in einem Stoffbeutel in der sehr heruntergekommenen Küche gefunden hat. Ein Toaster steht noch auf dem ansonsten leeren Frühstücksbuffet. Paul schenkt Falk Weißwein aus einer Flasche mit vielversprechendem Etikett ein. Die Kühlschränke an den Bars sind immer noch erstaunlich gut gefüllt. Falk schnippt einzelne Krümel mit dem Finger in den Sand. Sie trinken einige Schlucke und schauen in die pralle Sonne, bis ihnen schwindelig wird. Paul holt das Foto aus dem Wohnheim des Vaters hervor. Dann geht auf einmal alles ganz schnell. Falk hat das Foto den ganzen Morgen in den Händen gehalten und schließlich bemerkt, dass der Mann, den der Vater umarmt, der freundliche Wächter mit der honigfarbenen Haut ist. Falk sucht am Zaun nach diesem Mann und hält das Foto hoch.

Zwei Stunden später sind sie frei und sitzen in einem Speedboat der Rebellen nach Phuket. Falk hält das verknitterte Foto seines Vaters in den Händen und lehnt mit dem Rücken an Paul. Die Asche ihres Vaters hatte sein junger Freund im Meer verstreut. Er sei ganz plötzlich gestorben, niemand habe damit gerechnet.

Falk stellt sich vor, dass jetzt in der Gischt, die vorne mit den Wellen auf das Boot und in sein Gesicht spritzt, ein Stück seines Vaters weiterlebt. Und weil alle Weltmeere ineinanderfließen, muss Falk letztlich nur von zu Hause an die Nordsee fahren, um seinem Vater nahe zu sein. Sagt man nicht auch: Alles ist mit allem verbunden?

Es dämmert bereits, als sie wieder im Trubel von Phuket ankommen. Paul will Bier trinken und Essen gehen.

„So macht man das doch nach Beerdigungen, heulen, essen, trinken, reden, aufstehen und weitermachen, oder?"

Falk nickt. Die Brüder steuern die nächstgelegene Bar an. Vor den Flachbildschirmen hinter der Theke, auf denen sonst lautstarker Thai-Pop läuft, scharen sich sehr viele Menschen, Thais, Touristen, Europäer, Amerikaner. Das Breaking News-Banner mit der Laufschrift am unteren Rand des Bildschirms leuchtet rot. Der Text auf Thai wiederholt sich ständig. Eine Nachrichtensondersendung. Das reguläre Programm wird unterbrochen, man sieht

Menschenmassen auf dem Time Square in New York, die auf riesigen Fernsehern Bildabfolgen anstarren. Immer wieder wird das alte Bild einer goldenen Platte auf einer Weltraumsonde mit dem Namen Voyager 1 gezeigt. Dann schwarze Bergarbeiter in einer Mine. Einblendung: *Tautona, Western Deep Levels East Shaft No. 3, Südafrika.* Schnitt: Die grafische Darstellung eines sehr verzweigten Stollensystems. Einblendung: *3,9 km, deepest man made point on earth.*

Irgendjemand schaltet um. Ein französischer Sender zeigt eine Gruppe schwarzer Bergarbeiter mit einer glänzenden Platte in der Hand, die sie mit weiß leuchtenden Zähnen strahlend in die Höhe halten. Auf CNN kommt jetzt eine Pressekonferenz von einem Mann mit NASA-Aufdruck am weißen Hemdkragen. Er sieht ernst aus, ist sehr blass und muss mehrfach beim Sprechen schlucken.

Es ist erstaunlich leise in der Bar, und jeder hört die merkwürdige Stille, die zwischen den Reportern und dem Wissenschaftler entstanden ist. Der eher weiß und kaltschweißig gewordene Sachverständige antwortet: „Wir wissen es nicht. Dazu kann ich keine Angaben machen."

Der Journalist in der Pressekonferenz hakt nach:

„Aber wie erklären Sie sich, dass ein Teil der von Menschen geschaffenen Apparatur im Weltall, nach Ihren früheren Aussagen am weitesten von der Erde entfernt, plötzlich am tiefsten von Menschen gegrabenen Punkt auf der Erde auftaucht?"

Blitzlichtgewitter. Floskeln. Nervöses Umschauen.

Auf dem Fernseher läuft nun eine aus gegebenem Anlass gesendete Dokumentationssendung über das Voyager-
Weltraumprogramm aus den 1970ern, und der Kommen-
tator erklärt, dass 1977 Botschaften von der Erde in Ton
und Bild auf der glänzenden goldenen Platte gespeichert
wurden.

Und als der letzte Satz von Präsident Jimmy Carters
Botschaft in sein Ohr klingt: „We are attempting to survi-
ve our time, so we may live into yours", da spürt Falk,
dass er jetzt endlich loslassen kann.

Quellennachweise:

S. 8: Fleck, Ludwik: Über die wissenschaftliche Beobachtung und die Wahrnehmung im Allgemeinen. In: Sylwia Werner und Claus Zittel (Hg.): *Ludwik Fleck. Denkstile und Tatsachen. Gesammelte Schriften und Zeugnisse [1935]*. Berlin: Suhrkamp 2011 S. 211-238.

S. 12: Billy Idol-Zitat im Interview: „Ich hab dich durchschaut, Arschnase" von Oliver Fuchs in: Süddeutsche Zeitung vom 19.5.2010.

S. 14: Mit freundlicher Genehmigung: Zeile aus dem Lied „Im Taxi weinen" der Band Kettcar, Text Marcus Wiebusch, Album: „Du und wieviel von deinen Freunden", Label: Grand Hotel van Cleef, 2002.

S. 38: Zeile aus dem Lied „Greedy Fly" der Band Bush, Text von Gavin Rossdale, Album „Razorblade Suitcase", 1996.

S. 55: Yukio Mishima: Der Tempelbrand. München: List 1961.

S. 76: Zeile aus dem Lied „Island in the sun" der Band Weezer, Text: Rivers Cuomo, Album: „Weezer (The green Album)", Geffen Records, 2001.

S. 103: Thomas Pynchon: Die Enden der Parabel. Reinbek bei Hamburg: Rowohlt 2015.

S. 123: Zeile aus dem Lied „Tango till they're sore von Tom Waits, Text: Tom Waits, Album „Rain Dogs", Island Records 1985.

S. 143: Gottfried Benn: Gedichte. Stuttgart: Reclam, 1999.

Die Playlist zu diesem Buch:

1. Dagobert, Morgens um halb vier
2. Bush, Greedy Fly
3. Dover, Cherry Lee
4. Death Cab for Cutie, You're a tourist
5. Yeah Yeah Yeahs, Maps
6. The Shins, New Slang
7. Wheezer, Island in the sun
8. Nirvana, The man who sold the world
9. Counting Crows, Mr. Jones
10. Moby, Porcelain
11. The Smashing Pumpkins, 1979
12. Wanda, Bussi Baby
13. McLusky, Lightsabre Cocksucking Blues

Auch auf

www.spotify.com

unter „Bevor wir verglühen"

Danksagung

Großer Dank gebührt meiner Lektorin Stephanie Jana (lektorat-stilsicher.de) für ihre einfühlsame Betreuung und Arbeit an diesem Buch. Meiner großartigen Frau danke ich ganz besonders, sowie meinen Kindern, für ihre liebevolle Unterstützung und Begeisterung für alles, was ich tue.

Die Akteure und Handlungen in den
vorliegenden Erzählungen sind frei erfunden.
Ähnlichkeiten zu lebenden oder
toten Personen sind nicht beabsichtigt
und rein zufällig.